"一带一路"沿线国家经典诗歌文库

（第一辑）

主编 赵振江

副主编 蒋朗朗 宁琦 张陵

菲律宾诗选

史阳 编译

作家出版社

译者史阳

史阳

一九八〇年生，江苏省南京市人。

北京大学外国语学院东南亚系、北京大学东方文学研究中心副教授。

一九九八年开始，在北京大学外国语学院东语系就读本科、研究生；博士毕业后留校执教，在北京大学外国语学院东南亚系从事菲律宾语言文学、文化历史以及东南亚文化相关领域的教学科研工作，长期从事菲律宾语言、文学、文化的教学。

研究方向集中于民间文学和民俗学，多次在菲律宾芒扬族阿拉安部族原住民中从事田野调查，二〇〇九年至二〇一〇年作为访问学者赴美国哈佛大学进修，二〇一二年获北京市优秀博士论文奖，二〇一三年获全国优秀博士论文奖提名。

出版学术专著《菲律宾民间文学》、译著《菲律宾史诗翻译与研究》等，发表论文三十余篇。

目　录

总　序

二○一三年秋，习近平主席先后提出建设"丝绸之路经济带"和"二十一世纪海上丝绸之路"（简称"一带一路"）的倡议。"一带一路"一经提出，便在国外引起强烈反响，受到沿线绝大多数国家的热烈欢迎。如今，它已经成了我们在政治、经济和文化生活中最具活力的词汇。"一带一路"早已不是单纯的地理和经贸概念，而是沿线各国人民继往开来、求同存异、构建人类命运共同体的幸福路、光明路。正如一首题为《路的呼唤》[1]的歌中所唱的：

> ……
>
> 有一条路在呼唤
>
> 带着心穿越万水千山
>
> 千丝万缕一脉相传
>
> 注定了你我相见的今天
>
> 这一条路在呼唤
>
> 每颗心都是远洋的船
>
> 梦早已把船舱装满
>
> 爱是我们共同的家园
>
> ……

习主席关于构建人类"政治互信、经济融合、文化包容的利益共同体、命运共同体和责任共同体"的主张是人心所向，众望所归。联合国将"构

---

[1] 《路的呼唤》：中央电视台特别节目《一带一路》主题曲，梁芒作词，孟文豪谱曲，韩磊演唱。

建人类命运共同体"写入大会决议，来自一百三十多个国家的约一千五百名贵宾出席二〇一七年五月十四日在北京举行的"一带一路"国际合作高峰论坛，就是最有力的证明。

在国与国之间，政治互信、经济融合、文化包容的基础在民心，而民心相通的前提是相互了解和信任。正是出于这样的理念，我们决定编选、翻译和出版这套"'一带一路'沿线国家经典诗歌文库"，因为诗歌是"言志"和"抒情"最直接、最生动、最具活力的文学形式，诗歌最能反映大众心理、时代气息和社会风貌。"'一带一路'沿线国家经典诗歌文库"是加强沿线各国人民之间相互了解和信任的桥梁。

"'一带一路'沿线国家经典诗歌文库"的创意最初是由作家出版社前总编辑张陵和中国诗歌学会会长骆英在北京大学诗歌研究院院会提出的。他们的创意立即得到了谢冕院长和该院研究员们的一致赞同。但令人遗憾的是，在本校的研究员中只有在下一人是外语系（西班牙语）出身，因此，他们就不约而同地把这套书的主编安在了我的头上。殊不知在传统的"一带一路"沿线国家中，没有一个是讲西班牙语的。可人家说："一带一路"是开放的，当年"海上丝绸之路"到了菲律宾，大帆船贸易不就是通过马尼拉到了墨西哥吗？再说，巴西、智利、阿根廷三国的总统不是都来参加"一带一路"国际合作高峰论坛了吗？怎么能说"一带一路"和西班牙语国家没关系呢？我无言以对。

古丝绸之路是指张骞（前一六四年至前一一四年）出使西域时开辟的东起长安，经中亚、西亚诸国，西到罗马的通商之路。二〇一三年九月七日，习近平主席在哈萨克斯坦纳扎尔巴耶夫大学演讲时，提出共建"丝绸之路经济带"的主张，赋予了这条通衢古道以全新的含义，使欧亚各国的经济联系更加紧密、相互合作更加深入、发展空间更加广阔，从而造福沿途各国人民。至于古老的"海上丝绸之路"，自秦汉时期开通以来，一直是沟通东西方经济和文化交流的重要渠道，尤其是东南亚地区，自古就是"海上丝绸之路"的重要枢纽。习主席建设"二十一世纪海上丝绸之路"的构想使其在新的历史起点上，有了更加重要而又深远的意义。

"一带一路"沿线国家主要包括西亚十八国（伊朗、伊拉克、格鲁吉亚、亚美尼亚、阿塞拜疆、土耳其、叙利亚、约旦、以色列、巴勒斯坦、沙特阿拉伯、巴林、卡塔尔、也门、阿曼、阿拉伯联合酋长国、科威特、黎巴嫩），中亚六国（哈萨克斯坦、土库曼斯坦、吉尔吉斯斯坦、乌兹别克斯坦、塔吉克斯坦、阿富汗），南亚八国（尼泊尔、不丹、印度、巴基斯坦、孟加拉国、斯里兰卡、马尔代夫、阿富汗），东南亚十一国（印度尼西亚、马来西亚、菲律宾、新加坡、泰国、文莱、越南、老挝、缅甸、柬埔寨、东帝汶），中东欧十六国（阿尔巴尼亚、波斯尼亚和黑塞哥维那、保加利亚、克罗地亚、捷克、爱沙尼亚、匈牙利、拉脱维亚、立陶宛、马其顿、黑山、罗马尼亚、波兰、塞尔维亚、斯洛伐克、斯洛文尼亚）。独联体四国（俄罗斯、白俄罗斯、乌克兰、摩尔多瓦），再加上蒙古和埃及等。

从上述名单中不难看出，"一带一路"沿线国家多为文明古国，在历史上创造了形态不同、风格各异的灿烂文化，是人类文明宝库重要的组成部分。诗歌是文学的桂冠，是文学之魂。文明古国大都有其丰厚的诗歌资源，尤其是经典诗歌，凝聚着国家和民族的精神和理想。各国之间的文化交流与经贸往来，既相互交融又相互促进，可以深化区域合作，实现共同发展，使优秀文化共享成为相关国家互利共赢的有力支撑，从而为实现习主席构建人类命运共同体的伟大目标打下坚实的文化基础。

"一带一路"沿线国家多是发展中国家。长期以来，我们一直比较重视对欧美发达国家诗歌的译介，在"经济一体、文化多元"的今天，正好利用这难得的契机，将这些"被边缘化"国家的传统文化和民族精神纳入"一带一路"的建设，充分发掘它们深厚的文化底蕴，让它们的古老文明在当代世界发挥积极作用，使"文库"成为具有亲和力和感召力的文化桥梁。

"一带一路"沿线国家又多是中小国家。它们的语言多是非通用的"小语种"，我国在这方面的人才储备相对稀缺，学科建设相对薄弱；长期以来，对这些国家的文学作品缺乏系统性的译介和研究。从这个意义上说，"文库"的出版具有填补空白的性质，不仅能使我们了解这些国家的诗歌，也使相关的学科建设和学术研究有了新的生长点。

"'一带一路'沿线国家经典诗歌文库"的现实意义和深远影响已经很清楚了，但同样清楚的是其编选和翻译的难度。其难点有三：一是规模庞大，每个国家一卷，也要六十多卷，有的国家，如俄罗斯、印度，还不止一卷；二是情况不明，对其中某些国家的诗歌不是一无所知也是知之甚少，国内几乎从未译介过，如尼泊尔、文莱、斯里兰卡等国；三是语言繁多，有些只能借助英语或其他通用语言。然而困难再多，编委会也不能降低标准：一是尽可能从原文直接翻译，二是力争完整地呈现一个国家或地区整体的诗歌面貌。

总之，"文库"的规模是宏大的，任务是艰巨的，标准是严格的。如何完成? 有信心吗? 答案是肯定的。信心从何而来呢? 我们有译者队伍和编辑力量做保证。

"'一带一路'沿线国家经典诗歌文库"的编译出版由北京大学外国语学院和中国作家出版社联袂承担,可谓珠联璧合,阵容强大。

北京大学外国语学院是国内外国语言文学界人才荟萃之地,文学翻译和研究的传统源远流长。北大外院的前身可以追溯到京师同文馆(一八六二年)和京师大学堂(一八九八年)。一九一九年北京大学废门改系,在十三个系中,外国文学系有三个,即英国文学系、法国文学系、德国文学系。一九二〇年,俄国文学系成立。一九二四年,北京大学又设东方文学系(其实只有日文专业)。新中国成立后,东语系发展迅速,教师和学生人数都有大幅度增长。一九四九年六月,南京东方语言专科学校和中央大学边政学系的教师并入东语系。到一九五二年京津高校院系调整前,东语系已有十二个招生语种、五十名教师、大约五百名在校学生,成为北大最大的系。

一九五二年院系调整时,重新组建西方语言文学系、俄罗斯语言文学系和东方语言文学系。其中西方语言文学系包括英、德、法三个语种,共有教师九十五人,分别来自北大、清华、燕大、辅仁、师大等高校(一九六〇年又增设西班牙语专业);俄罗斯语言文学系共有教师二十二人,分别来自北大、清华、燕大等高校;东方语言文学系则将原有的西藏语、维吾尔语、西南少数民族语文调整到中央民族学院,保留蒙、朝、日、越、暹罗、印尼、缅甸、印地、阿拉伯等语言,共有教师四十二人。

北京大学外国语学院于一九九九年六月由英语系、西语系、俄语系和东语系组建而成,下设十五个系所,包括英语、俄语、法语、德语、西班牙语、葡萄牙语、日语、阿拉伯语、蒙古语、朝鲜语、越南语、泰国语、缅甸语、印尼语、菲律宾语、印地语、梵巴语、乌尔都语、波斯语、希伯来语等二十个招生语种。除招生语种外,学院还拥有近四十种用于教学和研究的语言资源,如意大利语、马来语、孟加拉语、土耳其语、豪萨语、斯瓦西里语、伊博语、阿姆哈拉语、乌克兰语、亚美尼亚语、格鲁吉亚语、阿塞拜疆语等现代语言,拉丁语、阿卡德语、阿拉米语、古冰岛语、古叙利亚语、圣经希伯来语、中古波斯语(巴列维语)、苏美尔语、赫梯语、吐火罗语、于阗语、古俄语等古代语言,藏语、蒙语、满语等少数民族及跨境语言。学院设有一个一级学科博士点、十个二级学科博士点和一个博士后流动站,为北京市唯一外国语言文学重点一级学科。学院师资力量雄厚:全院共有教师二百一十二名，其中教授六十名、副教授八十九名、助理教授十六名、讲师四十七名，拥有博士学位的教师一百六十三人，占教师总数的百分之七十七。

从以上的介绍不难看出，北京大学外国语学院的语言教学和科研涵盖了"一带一路"的大部分国家，拥有一批卓有成就的资深翻译家和崭露头角的青年才俊，能胜任"文库"的大部分翻译工作。至于一些北大没有的"小语种"国家，如某些中东欧国家，我们邀请了高兴（罗马尼亚语）、陈九瑛（保加利亚语）、林洪亮（波兰语）、冯植生（匈牙利语）、郑恩波（阿尔巴尼亚语）等多名社科院外文所和兄弟院校的专家承担了相应的翻译工作，在此谨对他们表示诚挚的敬意和衷心的感谢。

有好的翻译，还要有好的编辑。承担"'一带一路'沿线国家经典诗歌文库"编辑出版任务的作家出版社是国家级大型文学出版社，建社六十多年来出版了大量高品质的文学作品，积累了宝贵的资源和丰富的经验。尤其要指出的是，社领导对"文库"高度重视，总编辑黄宾堂、前总编辑张陵、资深编审张懿翎自始至终亲自参与了所有关于"文库"的工作会议，和北大诗歌研究院、北大外国语学院的领导一起，精心策划，全力以赴，保证了"文库"顺利面世。

最后还要说明的是，"'一带一路'沿线国家经典诗歌文库"得到了北大校领导的大力支持。"文库"第一批图书的出版恰逢北京大学建校一百二十周年（一八九八年至二○一八年），编委会提出将这套图书作为对校庆的献礼。校领导欣然接受了编委会的建议，并在各方面给予了大力支持，校党委宣传部部长蒋朗朗同志从始至终参与了"文库"的策划和领导工作。至于北京大学外国语学院的领导更是责无旁贷地承担了全部翻译工作的设计、组织和落实。没有他们无私忘我、认真负责的担当，完成这样艰巨的任务是不可能的。

"'一带一路'沿线国家经典诗歌文库"第一批诗作即将出版，这只是第一步，更艰巨的工作还在后头；更何况随着时间的推移，"一带一路"的外延会进一步扩展，"文库"的工作量和难度也会越来越大。但无论如何，有了这样的积累，我们完全有理由相信，"'一带一路'沿线国家经典诗歌文库"会越来越好。为了实现这样的目标，我们期待着领导、业内同仁和广大读者的批评指教。

赵振江
二○一七年秋于北京大学蓝旗营寓所

前　言

本书是普及性的菲律宾诗歌选集，收入的诗歌上起各民族民间歌谣、英雄史诗，下迄现当代社会诗歌，包含三十多首诗歌或长诗的片段，既有菲律宾文学史中最重要的诗歌名篇和最出名的诗人，又有菲律宾各少数民族民间文学中最具代表性的民间歌谣和英雄史诗；既有抒情诗，又有叙事诗；既有作家文学名作，又有民间文学精品；既有菲律宾文学史中的主体民族他加禄语诗歌，又有一些最具代表性的少数民族诗歌。所以本书大致能反映诗歌这种文类在菲律宾文学史上所取得的成就的概貌。

诗歌是菲律宾文学中一个重要的文类，相对于散文、小说、戏剧等文学体裁，诗歌既贯穿了菲律宾文学史发展的始终，又是菲律宾文学史中最为古老的一类，它在菲律宾文学史中形态多样、内容丰富，无愧为菲律宾文学史中历史地位最高的文类。菲律宾的诗歌一方面承载了上古流传而来的口头文学传统，另一方面又发展到今天形成异常多元多样的形态，它既反映了菲律宾各民族民众在各个时代的社会生活和精神风貌，也展现了菲律宾各族人民对于美、爱、生命、自然、理想等人类精神世界所关注的最为重要要素的追求、理念和价值观。

菲律宾是一个多民族国家，依民族语言来分，有一百八十多个民族和部族，所以其民族文化以多样性、多元化为最大特征，这种多元民族文化也体现在其诗歌文学中。本书中的菲律宾诗歌主要包括了现当代的菲律宾国语¹和官方语言菲律宾语的诗歌，古代、近代的他加禄语的诗歌，它们很多都在菲律宾文学史中占有非常重要的地位；同时兼有伊富高、马拉瑙、芒扬、希利盖农等其他一些少数民族诗歌中最有代表性的民间歌谣和英雄

1　国语：即 national language，指一个国家官方或法律所指定的最具有代表性的或广泛使用和推广的语言。

史诗，以体现菲律宾诗歌的多元文化特征。现代菲律宾语（Filipino）指的是以他加禄语为基础方言，吸收其他少数民族语言词汇而形成的菲律宾全国通用语，二十世纪上半叶才逐步形成并实现标准化。菲律宾语的前身是他加禄语（Tagalog），他加禄人是菲律宾主体民族之一，历史悠久、文化丰富，他加禄族占全国人口虽然不到三分之一，但他加禄语文学相对于菲律宾其他民族语言的文学，内容最多、成就最高、思想最具时代特征、作品最具代表性，是菲律宾古代和近代文学的代表。因此，现当代菲律宾的国语和文学主要是在他加禄语和他加禄语文学基础上发展出来的，可以把他加禄语文学等同于菲律宾语文学。

菲律宾现当代的国家级最高文学奖是卡洛斯·巴兰卡文学奖，其全称为"唐·卡洛斯·巴兰卡文学纪念奖"，简称为巴兰卡奖。它是由卡洛斯·巴兰卡基金会资助并建立的全国性、多民族语种的综合性文学奖，被誉为"菲律宾的普利策奖"。该文学奖创立于一九五〇年，基本是每年一届，至今已举办了六十多届。该文学奖的目的在于培养和促进菲律宾本土文学的发展，包括菲律宾语文学和菲律宾英语文学，并且特别鼓励年轻的文学创作者来参与，越来越多的获奖者当时在文艺界都还是不名一文的新人。该文学奖的申请资格包括了所有菲律宾国籍居民以及菲律宾裔人，按文学创作语言分作三个部分：菲律宾语文学、英语文学和民族语言文学，具体又分为短篇小说、儿童短篇小说、散文、诗歌、独幕剧、戏剧、电影剧本等十八个门类。其中戏剧剧本分作菲律宾语和英语两部分，短篇小说除了国语菲律宾语类，还有各主要民族语言文学：宿务语、希利盖农语和怡朗语三个菲律宾中南部常见的民族语言。另外，二〇〇七年新开设了针对十八岁以下作者的特别门类"青年文学类"，包括菲律宾语散文和英语散文两个文类，主题是"向世界分享的菲律宾人价值观"。在巴兰卡文学奖中有四个门类都是诗歌，即：菲律宾语诗歌和菲律宾语儿童诗歌、英语诗歌和英语儿童诗歌。这种分法除区分了菲律宾的英语诗歌和菲律宾语诗歌，更是把儿童文学单独区分出来，体现了当代菲律宾诗歌文学的多种价值倾向和社会影响力。此外，分类中的五项戏剧文学的奖项中，有不少内容也是诗歌，这些都说明在当今的菲律宾文学传统中，诗歌的地位非常重要。

其实，回顾菲律宾文学发展的历史，在时间上，诗歌贯穿了菲律宾文学的始终；在数量上，诗歌构成了菲律宾文学的主干；在社会价值上，诗歌构筑了菲律宾文学的灵魂和核心。在菲律宾文学发展历程中的每一个时期，诗歌都是菲律宾文学的主角之一。诗歌是菲律宾文学史上最早的文类之一，早在菲律宾文学发祥的时代，民间歌谣和史诗这些韵文体诗歌，就与神话、传说这些散文体民间叙事并列，共同组成了菲律宾文学的滥觞；在古典时代的菲律宾文学中，诗歌等音韵体文学体裁长期位于各种文学体裁的首位，其作品数量和文学价值都明显超过散文等文类；在近代菲律宾民族追求民族独立的过程中，诗歌更是成为了表达民族解放思想、唤起人民思想启蒙的途径，集中体现了近代菲律宾文学的思想性和时代性；现当代菲律宾文学走向多元化发展的道路之后，诗歌则成为了菲律宾文学百花丛中最为艳丽的一朵，展现了现当代菲律宾诗人对美和自由的追求，对现实社会的感慨和反思。所以诗歌是菲律宾文学中最重要、最有影响力、最有价值的组成部分，如果想了解、学习和研究菲律宾各民族的文学，必须先从诗歌这一体裁开始。

菲律宾文学史的分期通常参照了菲律宾社会发展的历史进程，菲律宾学者一般将其分作五个时期，即：前殖民时期、西班牙殖民时期、美国殖民时期、独立时期以及后人民力量运动时期。

一、前殖民时期指的是西方殖民者一五六五年开始殖民菲律宾群岛之前，菲律宾群岛上各民族和族群按其自身规律自主发展的时期。这一时期的文学相当于菲律宾的古代文学，主要是以民间文学的形式存在，集中表现在神话、传说、民间故事、英雄史诗、民间歌谣等文类，充分体现了菲律宾各民族自身多元化的本土特点。菲律宾伊富高人的《呼德呼德》史诗和马拉瑙人的《达冉根》史诗突出地代表了菲律宾的英雄史诗及其吟唱传统，被联合国教科文组织列入"人类口头和非物质遗产"，闻名世界，为菲律宾民族文化赢得了极大声誉。

二、西班牙殖民时期指的是从一五六五年西班牙在菲律宾建立殖民统治，直至一八九七年菲律宾民族独立运动高涨、国际局势风云变幻，西班牙在菲律宾的殖民统治行将就木。这个时期的文学是菲律宾被殖民并深受外来影响的文学。在这一时期的前半期，各种文学作品中较多出现了西班牙文学、天主教文化的影响，文学创作者也多受到了西班牙殖民和天主教影响，文学基本上都是为了信仰和传播天主教而服务的，这个时代也是菲律宾文学的古典时代。而到了这一时代后期，菲律宾文学中出现了要求民族自决和民族解放的思潮，思想启蒙运动如火如荼，文学首当其冲，本土精英知识分子利用文学创作吹响了思想启蒙、民族解放的号角。

三、美国殖民时期指的是一八九八年菲律宾第一共和国成立，西班牙在美西战争中失败、把菲律宾的殖民宗主权转给美国，菲美战争爆发并失败，菲律宾开始被美国殖民统治，直至一九四五年菲律宾再次独立前夕。这一时期的文学也是菲律宾被殖民并深受外来影响的文学，美国的英语文学和美式的现代文化对菲律宾文学产生了深远影响，菲律宾英语文学兴起，但与此同时，文学中反抗殖民侵略和追求独立自由的思想已蔚然成风。

四、独立时期指的是一九四六年菲律宾从美国殖民政府下获得独立，成立了菲律宾第三共和国，从此开始在现代化的道路上前行这个阶段。这一时期的文学相当于菲律宾的现代文学，文学既反思殖民主义和本土社会，又受到新殖民主义的冲击；因为菲律宾社会深受经济剥削和政治倾轧，文学创作者们不断思考后殖民主义时代菲律宾的社会困境，所以不可避免地带上了鲜明的后殖民主义的色彩。

五、后人民力量运动时期又称作后"埃德萨运动"时期，指的是一九八六年"埃德萨运动""人民力量运动"之后的当代。人民力量运动是菲律宾当代史上重要的历史事件，菲律宾社会结束了时任总统马科斯的军管和独裁统治，走上新的发展道路。这一时期的文学相当于菲律宾的当代文学，因为从这一时期开始，菲律宾文学离开保守和束缚，走向多元性和多样性，更多的思潮和样式被自由而丰富地展现出来。

参考上述文学史分期，本书选取了菲律宾文学史各时代的诗歌，并依照其思想内容和文学特点相应地分为四个部分，即民间文学时期、西殖古典时期、思想启蒙和美殖时期以及现当代时期。

第一部分，民间文学时期，这并不是一个有精确时间度量的时期，它实际上是指菲律宾各民族中的诗歌传统，贯穿了菲律宾文学从远古到现今的发展史，只不过一般可以将它视为各民族文学中发祥最为久远的部分，所以把它列为菲律宾诗歌四个历史时段之首。

第二部分，西班牙殖民的古典时期，十六世纪中叶西班牙人在菲律宾建立殖民统治并开始传播天主教，于是相应地出现了一系列带有鲜明西班牙文学风格、天主教色彩的诗歌文学，多数诗歌以歌颂上帝和宗教、歌颂爱情和生活为主题，这种诗歌创作的状况一直延续到十九世纪中叶。

第三部分，思想启蒙和美国殖民时期，则是指十九世纪后半期，赶走了西班牙殖民者之后，菲律宾又落入美国殖民统治。菲律宾的本土精英知识分子开始思想启蒙，在宣传运动的影响下，菲律宾社会很快走上了追求民族解放的道路，先后与西班牙和美国殖民者做斗争。这一时期虽不长，但各种思潮涌动，社会的急剧变化体现在了文学领域，涌现出了大量追求民族解放、反抗殖民统治、渴望独立自由的爱国知识分子的诗歌。

第四部分，现当代时期，指的是一九四六年至今，美国终止了在菲律宾的殖民统治，菲律宾重获独立、走上独立发展道路，菲律宾语诗歌由相对千篇一律的传统形态走上了多元化的发展道路，主题和形式都变得更为丰富，歌颂和抒发对祖国和民族的爱、追求社会正义和自由平等的诗歌占据了主要位置，形式和思想上卓有新意的新诗崭露头角，与此同时，英语诗歌也在菲律宾兴起。

一、民间文学时期的菲律宾诗歌

民间文学时期是菲律宾诗歌传统的起始点。实际上，相对于较为晚近的书写传统，口头传统贯穿了菲律宾文学史发展的始终，而口头传统正是菲律宾诗歌发展的根基，所以说，诗歌一直都是菲律宾古代文学中重要的组成部分。前殖民时代的菲律宾古代时期，是菲律宾文学史中时间最为漫长的一段，所产生的文学主要是依赖口头传承的各种民间文学，除了神话、传说、民间故事，还有民间歌谣和英雄史诗。当时，除了极个别少数民族拥有简单的文字，这些民间文学大都并没有被记载下来，而是以口耳相传的活形态形式不断流传，直至近代才由传教士、文人、民俗学家和人类学家记录下来，形成书面文字的形式。一七〇三年加斯伯·圣奥古斯丁的《他加禄语概略》和弗朗西斯科·本苏齐里奥同时代的手稿《他加禄诗歌艺术》中都零星提到了一些"来自民间的诗"。之后，一七五四年马尼拉出版的《他加禄语词汇》第一次将菲律宾民间诗歌正式出版。该书是一本他加禄语西班牙语字典，作者是两位耶稣会传教士胡安·诺塞达和彼得罗·圣卢卡，为了更好地解释他加禄语词汇的词义，作者大量引用了民间流传的谜语、言语、民谣、诗歌等作为例子，于是该书成为了西班牙殖民者和传教士于一五九三年在菲律宾开始进行印刷、出版以来，所含内容和文类最为丰富的他加禄民间诗歌集。

虽然今天流传下来的菲律宾文学出版物都只能追溯到西班牙殖民统治菲律宾之后，且在早期几乎全都是由传教士和殖民者书写和记录的文学，几乎没有关于前殖民时代菲律宾人创作文学的直接历史记录，但实际上，民间文学作为菲律宾文学的滥觞，既远远早于后来殖民主义时代的文学，且其成就和艺术性也非常高，今天我们完全可以从这些民间文学中了解菲律宾古代先民的人生观、自然观、世界观、价值观。在菲律宾古代文学中，诗歌主要以民间歌谣和英雄史诗的形式而存在。菲律宾的民间歌谣主要是指民间抒情诗，即通过歌咏人或物，表达自己的情感。同时菲律宾也有很多民间叙事诗，通常是歌颂英雄人物的冒险经历和丰功伟绩，且篇幅较长，于是被划入英雄史诗的范畴。这些诗歌构成了菲律宾古代文学的主体，很好地体现了菲律宾民间文学的口头传统，是菲律宾各民族先民口头艺术的代表。比如，他加禄人有十六种样式的民间歌谣，每一种都有特点且在航行、劳作、节庆、悼念等特定场合进行吟唱和表演：diona是婚礼歌谣，talindao 和 awit 是家庭歌谣，indolanin、dolayanin 是街边歌谣，hila、soliranin 和 manigpason 是摇桨歌谣，dopayanin 和 balicongcong 是船歌，holohorlo、oyayi 是摇篮曲，ombayi 是哀歌，omiguing 是温柔之歌，tagumpay 是凯旋之歌，hiliriao 是祝酒歌。当西班牙殖民者来到菲律宾时，曾发现并指出："（当地人的政治生活和宗教信仰）植根于他们的歌谣，他们从孩提时代就已经在传唱，并被深深记忆，当他们在航行、劳作、宴饮、庆祝时，都会吟唱歌谣，歌谣中讲述了他们神灵的生平世系和伟大功绩。"这些歌谣通常都会有旋律或者音乐伴奏，只是随着不断流传，相应的音乐旋律没有传承下来，传教士、民俗学家、人类学家等记录下的，只有其文本部分，只能作为某一单一曲调的吟唱，而无法还原其为音乐旋律的唱诵。本书选取了菲律宾各民族诗歌中最具代表性的一些，既有较短的民间歌谣，又有较长的叙事诗——英雄史诗。

菲律宾原住民族绝大多数都没有文字书写传统，哈努努沃人是极少数有文字的民族，所以他们的民间诗歌是菲律宾民间歌谣最有特点的代表之一。哈努努沃人全称哈努努沃芒扬人（Hanunóo Mangyan），是世代居住在菲律宾中部民都洛岛南部山地和丘陵地区的原住民族，是民都洛岛原住民族芒扬人八个族群中的一个。Hanunóo 在当地语言中意为"真实的"，当地人自称"哈努努沃"，意思是自己才是"真的芒扬人"，以便区别其他芒扬部族。哈努努沃人人口约八万至九万，传统上从事游耕农业，现代则多以为平地地区的他加禄人、伊洛哥人等主体民族充当雇农、雇工为生。以美国人类学家哈罗德·康克林为代表的欧美学者，曾对哈努努沃人的社会文化、精神信仰、农业生产等有过深入的研究。菲律宾原住民族绝大多数是无文字民族，但极为罕见的是，哈努努沃人有自己的文字书写系统，其文字被称为"芒扬字"（Surat Mangyan）。

哈努努沃人的民间诗歌被统称作"安巴汉"（Ambahan）。安巴汉民歌全诗是双数行，没有固定的行数限制，可长可短；每行固定为七音节，并按行押韵，全诗不换韵脚。菲律宾原住民族的民间歌谣中有很多都是每行七音节，单音节押韵，安巴汉诗歌中最常见的韵是"–an"，每行诗由少至两三个词多至四五个词组成，但所有词总的音节数保持在七个，第七个音节也就是最后一个音节，采用"san""han""wan""gan""lan""dan""man"等"–an"韵的音节。安巴汉诗歌在诵读时通常没有固定的音阶或曲调，也无需伴奏，但是按一定的节奏感吟唱出来，通过简单而明确的音节排列规则和押韵方式，诵读起来有着很明显的音韵感、朗朗上口。安巴汉民歌的内容兼有叙事，更多的则是抒情，哈努努沃人主要是用它来表达对生活中各种事物的感想、感悟和感慨，内容上既有直抒胸臆，又有对比、反讽、自嘲等表现手法。安巴汉诗歌通常是从哈努努沃人身边日常的事情讲起，借物咏人、借物抒情，表达自己的情绪、审美、情感、价值观等。有趣的是，哈努努沃人非常擅长在诗歌中使用意向强烈的对比等修辞方法，来加深自己在诗歌中的情感表达。在需要的时候吟诵诗歌是哈努努沃人表述情感的常见方式，同时哈努努沃人还会用自己的"芒扬字"把安巴汉书写在各种竹制品上。

《呼德呼德》[1]（hudhud）是菲律宾山地少数民族伊富高人（Ifugao，也称作 Ifugaw、Ipugao、Ypugao、Hilipan、Quiangan 等）口头传承的民间文学和表演艺术，是讲述伊富高民族历史上伟大英雄光辉业绩的长篇叙事诗和英雄史诗。伊富高人生活在菲律宾吕宋岛北部的科迪列拉山区的伊富高省。该地区山高路险、森林密布，与外界交通不便，一直是众多原住民族杂居的地区。伊富高族现有人口约十七万人，分布在菲律宾的三十七个省，其中约有十二万人居住在伊富高省。伊富高人自古以来就有修筑梯田、种植水稻的传统。他们开垦的高山梯田规模庞大、景象壮观，可能有

1　本文探讨的呼德呼德有广义和狭义两个层面的意思，狭义上的呼德呼德指的是"活形态"英雄史诗本身，属于民间文学样式，用书名号标定；广义上的呼德呼德还包括了相应的表演艺术和吟唱文化，用引号标定。

近两千年的历史。一九九五年，伊富高梯田被列入联合国教科文组织的《世界文化和自然遗产名录》。《呼德呼德》史诗主要分布在伊富高省齐安干市周围的伊富高人村社中。联合国教科文组织在二〇〇一年进行了《人类口头和非物质遗产代表作名录》的首次评选，《呼德呼德》作为活形态史诗口头传统的杰出代表被评为"世界非物质文化遗产"，也是东南亚地区的首个"世界非物质文化遗产"。于是伊富高人成为了拥有两项"世界遗产"的少数民族。

"呼德呼德"一词音译自伊富高语中的"hudhud"，是伊富高人对于本民族世代口头传承的叙事诗歌的统称，在当地语言中，"hudhud"的意思是"吟唱、歌唱"，是一个用来描述人们进行吟唱行为的常用词汇。"呼德呼德"概念的外延颇为复杂，伊富高人认为它有广义和狭义两层意思。广义上，它就是一般意义上的"吟唱"，伊富高人把一切吟唱活动中所唱的内容都叫作呼德呼德，它涵盖了伊富高人的各种民间叙事诗和史诗等民间文学样式，是一种样式极为丰富的"呼德呼德"民间吟唱文化，包括了多种具体的民间叙事内容；狭义上，它特指其中关于一个特定内容的"吟唱"——吟唱阿里古荣、布巴哈用、布甘、阿吉娜娅、迪努拉万、道拉扬、古米尼金等英雄人物伟大业绩的各种传奇故事，即《呼德呼德》史诗。

伊富高人在稻田劳作和庆祝丰收时吟唱《呼德呼德》史诗，整个吟唱都处于非常生活化和随意的场景中。吟唱分为领唱和合唱两个部分，领唱人叫作"munhaw-e"，通常是一位年长的妇女；在领唱人之后应和的合唱人叫作"munhudhud"，由在场的民众集体组成。《呼德呼德》史诗是伊富高人传统信仰的根基之一，史诗中的英雄们已进入了伊富高人的多神信仰体系。伊富高人认为，阿里古荣等人既是伟大的英雄，又是崇高的神，称他们为"halupema'ule"（善良的神），在劳作时吟唱，可以取悦这些"halupe"（神灵），从而促进水稻的生长。整个史诗包括了二百多个故事，四十个篇章，全部吟诵需要三至四天。《呼德呼德》与伊富高人的生活密切相关，是一套具有地方性色彩的口头叙事文化。伊富高人的传统生活主要有两个组成部分，一是在代代相传的梯田上耕作水稻，二是为人生的不同阶段举行各种仪式。吟唱《呼德呼德》史诗是梯田劳作的核心内容，在稻田中劳作时，人们一边播种或收割，一边同时进行自由的吟唱，调整集体劳作的节奏，为枯燥的工作增添了轻松活跃的气氛，体现了民间文学所具有的娱乐的社会功能。伊富高人的一生从出生、成年、结婚到过世，会经历多个重要仪式，吟唱《呼德呼德》是伊富高人各种仪式上绝不可少的组成部分。

《达冉根》史诗（Darangen 或 Darangan）是菲律宾南部棉兰老岛中部拉瑙湖的马拉瑙民族（Maranao）的英雄史诗和口头传统，在二〇〇五年联合国教科文组织的第三次评选中，作为口头传统的杰出代表入选《人类口头和非物质遗产代表作名录》。它是关于马拉瑙民族祖先、英雄班杜干及其子孙历险经历、婚姻传奇的一系列史诗所构成的史诗集群，至今已发现并记录下来的共有十七部，合计七万二千多行，可分为二十五章，要花八天时间才能唱完。每部史诗讲述的都是一个完整的事件，可以单独成篇和单独吟唱；各部史诗的主要人物都是王族，各部史诗讲的故事都是在这些王族之间展开的；把各部中的不同故事联系起来，才可以梳理出各主要人物之间错综复杂的谱系关系；主要人物们的爱情、智慧、结盟、战争、历险作为主题贯穿了各部史诗。所以，虽然各部史诗情节有所不同，但合在一起就构成了一部规模宏大的史诗集群，以布巴兰王国——这个马拉瑙民族的传说和信仰中理想式的王国为中心，讲述了布巴兰王国从建立、发展、强大直至消亡的全部历史。史诗中的主要人物被马拉瑙人视为本族先人和伟大的英雄，于是马拉瑙民族形成阶段的历史渊源便体现于史诗中，今天马拉瑙人的民族情感、历史归属亦可溯源于其中。

《达冉根》史诗借用象征、暗喻、讽刺等文学手法，探讨了生死、爱情、政治和美等人类文化的永恒主题。同时，它也成为马拉瑙丰富的文化传统和地方性知识的载体，演绎马拉瑙民族的法律和社会准则、习俗和民族传统、美学观念和社会价值观。所以史诗被马拉瑙人奉为关于社会和文化规范的行为准则。今天在婚礼庆祝仪式上，人们会持续数夜在音乐和舞蹈的配合下吟唱史诗。《达冉根》史诗长期以传统的口头形式流传，由老歌手将自己个性化的吟唱传授给年轻歌手，所以带有鲜明的个性化特征。比如，史诗通篇所用的是非常古老的语言，很多地方只有史诗歌手本人能理解；对于英雄和其他主要人物的称呼多种多样，光班杜干就有十几个称呼，吟唱中歌手时不时变换称呼，使得人物关系更为庞杂；甚至有些年老歌手认为其他一些正在流传的版本并不是原汁原味的传统版本，已被修改过，于是拒绝吟唱。

《达冉根》史诗一方面讲述的是前伊斯兰时期马拉瑙人的历史，从中可以了解前伊斯兰时期的马拉瑙文化；另一方面，它也讲述了马拉瑙人和伊斯兰传教士早期接触的经过，可以看到伊斯兰教传入时期马拉瑙民族的社会状况。史诗中讲述了大量的皇家礼仪和贵族传统，主要人物们在王宫中的宫殿"多罗干"和塔楼"拉明"中，按照贵族礼仪规范生活，举行嚼槟榔、授头巾的仪式等，这些细节精致地展现了王宫中的政治和生活，这都代表了前伊斯兰时代马拉瑙民族的传统文化。今天的马拉瑙人早已皈依了伊斯兰教，但史诗中依然展现出前伊斯兰时期，马拉瑙人对于超自然生灵丰富多样的信仰，英雄经常召唤各种神灵前来帮助自己战胜敌人，史诗基本没有出现真主安拉的称号或其他一神教信仰的因素，而是来自于天空、海洋的各种各样的神灵构成了前伊斯兰时期马拉瑙人的多神信仰，这与皈依伊斯兰教后的一神教信仰截然不同。史诗中还多次出现了马拉瑙人周边的其他少数民族，如生活在海边的萨马人和山地民族马诺博人，史诗展现了马拉瑙人和这些民族之间的关系。在史诗结尾最终说道，伊斯兰传教士沙里夫·奥利斯在棉兰老和苏禄地区威名远扬，他来到布巴兰劝说人们皈依伊斯兰教，但是人们拒绝了，天神非常生气，便用大火毁灭了整个王国，只有一个叫作布杜安能·卡里南的人逃了出来，并成为了马拉瑙人的祖先，于是史诗由马拉瑙人的前伊斯兰时代富丽、恢弘的传统王室贵族文化，过渡到了马拉瑙全族皈依伊斯兰教。

二、西班牙殖民的古典时期

西班牙殖民的古典时期的菲律宾诗歌主要包括了宗教文学和骑士文学两个组成部分。西班牙在菲律宾群岛的殖民统治前后历经三百多年，菲律宾文学的发展也可以分为前后两个阶段，即前半段的古典时期和殖民统治尾声的思想启蒙时期。殖民主义的外来影响、当地社会对殖民冲击的反应贯穿了这一时代文学史的始终。菲律宾本土学者一般认为，从西班牙殖民时代开始，菲律宾本土的社会文化开始呈现二元分化，即城镇社会或城镇人（taga-bayan）、乡村社会或乡村人（taga-bukid），后者还包括了山地原住民族，即山地人（taga-bundok）。城镇人指的是直接被纳入西班牙殖民统治之下、完全皈依天主教、居住在西班牙化城市或乡镇的菲律宾人，城镇人中流行的文化是西班牙化的、天主教化的，书面文学正是在这个群体中流行，并以他们为受众。城镇人中的一些精英受到了天主教宗教教育、学习了西班牙语，成为了接受西班牙天主教文化的菲律宾人，在他们当中开始流行源自西班牙、又被菲律宾本土化改编了的宗教文学和骑士文学。乡村人或山地人则在西班牙殖民统治的边缘或外围，他们中流行的文学仍是各民族的民间文学。

十六世纪中叶西班牙在菲律宾建立了殖民统治之后，一直致力于推广天主教，在文学领域，试图用赞美诗、宗教戏剧等天主教宗教文学，来取代当地原住民口头吟唱和讲述的民间文学传统和表演传统。耶稣基督、圣母和圣徒们的事迹成为了新兴的神话、传说和民间故事，在菲岛当地，伴随着西班牙神父们的传教活动而被皈依的本地居民所接受和信仰；与此同时，当地居民原来的史诗吟唱、民间歌谣退居次席。西班牙传教活动的对象是菲律宾当地居民，西班牙人沿用在美洲殖民统治的习惯，称他们为"印地人"（Indio）。当地的"印地人"不识字，更不懂西班牙语，这对于皈依宗教、展开统治都很不便。于是西班牙神父们在传教中采取了两种策略：一是神父学习本地语言，包括菲律宾群岛各地的多个当地语言，编写本地语言的教科书和字典，力图融入当地社会，使用本地语言进行传教；二是将天主教的传播与教授西班牙语结合了起来，通过天主教会的教育机构，向皈依的当地居民教授西班牙语。因为西班牙殖民当局的统治中心是马尼拉及周边的中吕宋平原，所以西班牙神父们主要学习的是他加禄语，从而形成了以他加禄语为基础的翻译和文学创作。一五九三年，多明我会修会的传教士在马尼拉建立了出版机构，并印刷出了菲律宾第一本书籍《基督教义》，这本天主教祈祷用书被用于在菲律宾群岛传教之用。紧接着，方济各会、耶稣会、奥古斯丁会等修会相继出版了一系列关于基督教教理、传教手册、教义问答书、本地民族语言学习的语法书和字典等书籍。直到一六四八年，在这五十来年的时间中，四大修会共出版了二十四本他加禄语的书。

这种语言学习和宗教教育对于菲律宾文化和文学的发展产生了深远的影响，直接导致菲律宾出现了本土化的宗教文学。天主教修会出版著作的作者都是西班牙传教士，一些传教士诗人在其中发表自己的作品，不过这已经影响到了菲律宾本土的文学创作。西班牙神父的传教和教育活动，在当地培养出了一批既熟悉天主教教义，又掌握西班牙语的菲律宾本土知识分子，这些人被称作"拉丁人"（Ladino），即西班牙化的菲律宾人，他们既懂西班牙语又会当地语言，在思想信仰上通常都遵循天主教，成为菲律宾当地社会中新兴的精英阶层。"拉丁人"知识分子首先是优秀的译者。

努力学习当地语言的西班牙神父们，得到了这些掌握双语的本土精英知识分子的相助，于是他们得以顺利地、大规模地将天主教的文本翻译成当地语言。最终，在西班牙神父和菲律宾本土精英知识分子的共同努力下，天主教的祈祷词、布道词、圣经故事、赞美诗等宗教内容被大量翻译成当地语言，甚至还做了适应于菲律宾具体情况的适当改编，实现了传教内容的本地化。同时，"拉丁人"知识分子还是诗人和作家，十七世纪初，伴随着西班牙天主教文学的翻译和改编，相应的菲律宾本地的宗教文学创作蔚然成风，菲律宾本土精英知识分子和西班牙神父一起，用他加禄语等菲律宾本土语言、以天主教为主题，创作具有自己风格的赞美诗、布道词、祈祷词等。其中，较为知名的是弗朗西斯科·布兰卡斯·德·圣何塞和弗朗西斯科·巴贡班达。于是，这些"拉丁人"既进行翻译，又自己创作，他们作为菲律宾本地居民"印地人"的代表，登上了文学创作的舞台，从此开启了菲律宾作家文学、书面文学创作的滥觞，菲律宾文学终于由早期的口头创作和传承的民间文学，开始走向由菲律宾人用自己的民族语言创作书面文学，是为菲律宾本土文学发展的新篇章。这些早期的菲律宾书面文学主要体裁是诗歌，因为它脱胎于天主教赞美诗等宗教文学，同时也兼有部分抒情散文和议论文，抒发对天主教的情感，评议天主教的教义、教理。

十八世纪，宗教文学长期统治菲律宾文坛的情况出现了改变。西班牙的骑士文学以中世纪民谣的形式影响到了菲律宾，激发菲律宾文坛创作出相应的本土文学样式。骑士文学是十二至十六世纪在西欧、南欧主要的文学样式，在内容上围绕骑士英雄的历险经历与爱情追求展开，在形式上既有韵文体，又有散文体。西班牙把它带到了菲律宾，菲律宾本土知识分子们在学习西班牙语和天主教教义、教理的时候，也接触到了这种当时在西班牙人中处于支配地位的文学。于是，菲律宾的"骑士文学"便以浪漫主义韵律诗歌的形式横空出世，并且这些诗歌还和民间表演传统相结合，诗人同时也是剧作家，他们积极地把自己的诗歌搬上了戏剧舞台。菲律宾的骑士文学主要用他加禄语创作，故事背景通常设置在欧洲风情式、虚拟的远方异域王国，讲述的是勇敢、高尚的贵族或英雄的历险的传奇生平和追求爱情的浪漫经历。这种英雄历险、追求美女的故事情节，配合韵文体诗歌的形式，与菲律宾各民族长期流传的民间文学——英雄史诗传统非常相似和契合，符合菲律宾本土居民的文化价值观和审美观；同时，它讲述的故事中融入了大量西班牙文化和天主教信仰的要素，有利于天主教用生动活泼的形式向广大不懂西班牙语甚至不识字的普通民众传播其宗教内容和伦理观念。于是这种韵律叙事诗很快就得到了民众的接受并流行起来，很多他加禄语作品还被翻译成其他方言，在菲律宾各地广泛流传。

菲律宾骑士文学韵文诗具体分为两类，一是"克里多"（Korido），形式上是每行八音节，内容上则是直接将欧洲的浪漫爱情历险传奇故事改写成菲律宾语故事；二是"阿维特"（Awit），形式上是每行十二音节，内容上则是作者依据自己的想象进行原创故事。个别时也有十二音节的韵文诗被冠以"克里多"的名字。总体上，阿维特诗更为常见、数量更多，因为每诗行拥有更多的音节，这赋予诗人更多的创作空间，于是它拥有更丰富的语言变化和更多样的艺术表现力。最重要的是，阿维特诗代表了西班牙骑士文学在菲律宾本土化的最高成就，是菲律宾文坛在近代民族思想启蒙之前，菲律宾作家文学所达到的最高峰。克里多和阿维特除了采用韵文诗的样式，还被改编成戏剧，于是骑士文学的影响也被注入菲律宾本土戏剧文学中，并形成了新的戏剧样式科麦迪亚（Komedia），并在当时社会中展现出很强的娱乐功能。这种戏剧又被称作"摩洛摩洛"剧（Moro-moro），因为其常见的故事情节取材于西班牙人十一至十五世纪的光复运动——在伊比利亚半岛与穆斯林摩洛人之间的复国战争，戏剧讲述了基督徒与穆斯林之间的战争，主人公通常是信奉天主教的国王、王子或贵族，他们与穆斯林反复缠斗，最终结果总是天主教徒获胜，主人公战场凯旋之后又成功地迎娶了自己心爱的公主，并让异教徒的爱人改宗皈依了天主教。大多数科麦迪亚的剧目改编自"克里多"，表演时通常要连续演出三个晚上，在菲律宾群岛各地的地方性节日庆典上，各市镇的人们都会上演本地版本的科麦迪亚剧，成为当地最有名气和代表性的娱乐活动。这些菲律宾本土化的骑士文学和相应的戏剧表演对于菲律宾以后的文学和戏剧艺术产生了深远的长期影响，还形成了近代载歌载舞的菲律宾式的萨苏维拉戏剧（Zarzuela 或 Sarsuwela）。

《风暴与黑暗之时》是菲律宾文学史上有籍可载的、用他加禄语书写的、最早的书面文学作品。一五六五年西班牙在菲律宾建立殖民统治之后，在十六世纪末、十七世纪初，四大天主教修会开始大量出版与传教相关的著作。其中，传教士弗朗西斯科·圣何塞于一六〇五年出版了《基督生平纪念》一书，书中收录了他本人和皈依天主教的菲律宾诗人福尔南多·巴公班达的一些西班牙语诗歌。同时，书中收录了这首他加禄语诗歌《风暴与黑暗之时》，但作者不详，一般认为该诗是正在学习本地语言他加禄语以便传教的西班牙传教士，或皈依了天主教、同时掌握了西班牙语和菲律宾本地语言的本土双语诗人，尝试着用本地语言他加禄语来创作天主教主题诗歌的结果。该诗主要讲述的是作者在面对艰难困苦、重重诱惑时，仍坚信基督耶稣、对天主教矢志不渝的庄重宣言和宗教情感。它很好地体现了在菲律宾的文人创作诗歌，乃至菲律宾作家文学的早期，文学一直是以天主教信仰为主题，并为传播天主教而服务这一事实。

加斯伯·阿基诺·德·贝伦是十七世纪菲律宾诗人和翻译家，创作主题集中在天主教宗教文学，是当时"西班牙式"菲律宾宗教文学的集大成者，他仿照天主教的耶稣受难赞美诗"巴松"（Pasyon）的样式，创作了《我们的主耶稣基督的赞美诗》，并于一七〇四年在马尼拉出版。这首长诗以耶稣基督的生平为基础，结合菲律宾人对于天主教的认识，把耶稣基督描述为平易近人、生活化和人性化的形象，而非是冷冰冰、高高在上、虚无缥缈的神。菲律宾民族在长期信仰万物有灵的原始宗教时代，就形成了尊崇神灵、与神为友的传统情感，德·贝伦笔下的耶稣契合了普通信教民众的民族文化传统，反映了民众对于天主教的心理期望和情感认知，塑造出了一个菲律宾式的"耶稣"，从而体现出了鲜明的天主教本土化的色彩。这也成为了具有本土特色的菲律宾宗教文学的开端，宗教文学的传统发端于十六世纪末十七世纪初，并一直延续到十九世纪，因为这两百多年中，出版机构一直是由天主教教会所掌控，所以菲律宾的书面出版物绝大多数都是以歌颂和赞美天主教、讨论和思考教义、教理为主题。与此同时，与天主教无关的内容全都出现在口头传承的民间文学和在集会中表演的戏剧中，包括菲律宾各民族的神话、传说、民间故事、民间歌谣，还有以"杜布罗"剧（duplo）为代表的民间戏剧，这些民间文学和表演艺术通常是以世俗和民间的社会生活、传统的原始宗教信仰和神灵崇拜为主题，既流传于信奉传统信仰的原住民族，也流传于已皈依天主教的菲律宾人中，这些民间文学和戏剧艺术则构成了那个时代菲律宾各民族非天主教的传统精神世界和价值观体系。

弗朗西斯科·巴拉格塔斯，是他加禄语诗人、菲律宾最负盛名的桂冠诗人，又名弗朗西斯科·巴尔塔萨。他生于马尼拉北方的布拉干省比加市班吉纳伊村的一个普通的铁匠家庭。幼年时他曾在比加修道会接受天主教教育，并在马尼拉当佣工谋生，后进入圣何塞学院和圣胡安德莱特兰学院学习天主教教义、拉丁语以及古典文学。他受到了神父马利亚诺·比拉比尔的影响，开始创作爱情诗，著名的有《忏悔》《对一个未来的新娘的忠告》《我一生中的苦恼》和《心中的十二个伤痕》等，此外他还创作了《阿尔曼佐尔和罗莎莉娜》《阿卜达尔和米施蕾娜》等叙事诗。一八三五年，巴拉格塔斯迁居潘达肯，遇见了玛利亚·里维拉并对她一见倾心，然而这遭到了情敌马里亚诺·卡布勒的破坏，卡布勒利用自己的权势将巴拉格塔斯陷害入狱，并娶走了里维拉。在狱中，巴拉格塔斯感慨于这段被人横刀夺爱，又身陷囹圄的人生，基于这段跌宕起伏的亲身经历和心路历程，用他加禄语创作了反抗侵略、批判内奸、歌颂爱情的长篇叙事"阿维特诗"——《弗洛伦特和劳拉》。一八三八年巴拉格塔斯获释出狱，这部诗作很快出版，广泛传播，成为脍炙人口的佳作。一八四〇年，巴拉格塔斯移居到巴丹省巴兰加市，成为了当地的一名治安法官，同时担任法庭的翻译，一八五六年他又被任命为少校。但巴拉格塔斯又一次被人陷害，他被指控曾下令剃光一个富人的女佣的头发，于是再次入狱。一八六〇年巴拉格塔斯出狱，开始一边创作诗歌，一边以翻译西班牙语文书为生，一八六二年，巴拉格塔斯在临终之际感慨于自身际遇，向子孙们提出要求："即使剁掉双手也不要成为诗人"。之后，巴拉格塔斯离世，享年七十四岁。《弗洛伦特和劳拉》诗的全名为《弗洛伦特和劳拉在阿巴尼亚王国的过往生活》，该诗语言生动流畅、情节跌宕起伏，成为中古时代他加禄语文学中最为流行和知名的叙事诗。它不仅是巴拉格塔斯个人的代表作，更代表了近代以前菲律宾作家文学的巅峰。巴拉格塔斯本人也因此被誉为"他加禄诗歌王子""菲律宾桂冠诗人"，被公认为菲律宾文学史上最伟大的两位"文学巨匠"之一，从此菲律宾诗歌文学中就有了"巴拉格塔斯主义"来指称菲律宾民族传统风格诗歌，以及"巴拉格塔散"来指称菲律宾文人用韵文诗歌进行现场辩论的论战对决。

三、思想启蒙和美国殖民时期

　　思想启蒙和美国殖民时期指的是十九世纪末和二十世纪上半叶这两段时间，这是一个政界和文坛英豪辈出、民族主义思潮风起云涌的时代。随着一八一二年大帆船贸易的结束，菲律宾的社会经济由少数人获益的垄断式商贸经济，走向全社会的自由式发展，直接导致了社会经济的繁荣和本土富裕阶层的壮大，菲律宾本土社会的中上层开始越来越需要，也更有能力培养本土知识精英。一八六三年西班牙殖民当局开始在菲律宾建设小学、中学、大学三阶的完整的教育制度，这对于培养精通西班牙语、他加禄语双语的本土知识精英起到了非常主要的作用。随着经济能力的提升，这些本土知识精英留学和侨居欧洲，得以开眼看世界、接受进步思想的影响，到十九世纪八十年代，菲律宾民族开始觉醒，本土知识精英发起了追求民族自治和解放的思想启蒙运动，涌现出一批民族主义的启蒙知识分子，批判和反抗西班牙殖民统治成为了社会主流，并进而导致了以卡蒂普南组织为核心的菲律宾独立革命爆发、菲律宾第一共和国成立，菲律宾社会民族主义高涨。这一期间文人们用文学作品作为思想启蒙、民族觉醒的武器，唤起和激励人民群众投身革命事业。但随着菲美战争的失利，进入二十世纪，美国接替了西班牙继续在菲律宾进行殖民统治，并采取了一系列更为深入和全面的殖民政策，深刻改变了菲律宾社会。但是在美国殖民统治期间，早已觉醒了的菲律宾人民追求民族解放的脚步并没有停歇，民族主义始终是社会主流，民族独立是人民的诉求，菲律宾的文人、诗人们创作了一大批热爱祖国、向往自由、追求解放的作品。在民族启蒙觉醒的宣传运动中，一些诗歌和散文是用西班牙语创作的，其他则是用他加禄语创作的；到了民族革命、菲美战争时代，革命者都是使用以马尼拉为中心的地区流行的他加禄语进行文学创作，革命政府将他加禄语定为国语，从而奠定了民族主义与他加禄语之间的必然联系；到了美国殖民统治时代，菲律宾本土语言的文学创作就一直是以他加禄语为中心进行的。

　　菲律宾思想启蒙、民族觉醒的载体是宣传运动。宣传运动是由侨居欧洲的菲律宾启蒙知识分子于一八八〇年至一八九五年发起的，旨在推动菲律宾的社会改革，建立民族自尊。其领导者是当时一批旅欧的本土知识精英，史称启蒙知识分子。他们来自菲律宾本地社会的中上层，在菲律宾接受了西班牙式的教育，并来到西班牙等欧洲国家留学、游历。当时欧洲的自由主义思想影响到了他们，他们通过办报、请愿、著书立说，要求在菲律宾进行全面的社会政治经济改革，希望西班牙殖民当局能够给菲律宾民族以自尊和自决。马萨罗·德尔皮拉、何塞·黎萨和加西亚诺·哈恩纳三人成为了宣传运动的核心人物和领导者。宣传运动把希望寄托于殖民者，这是不现实的，所以它最终不可避免地失败了，但这已经为菲律宾民族主义的兴起和高涨奠定了基础，宣传运动的启蒙知识分子们创作了大量文学作品，批判西班牙殖民当局的倒行逆施和天主教会的累累罪恶，这唤醒了菲律宾民众；他们的文学作品也让长期盛行宗教文学和骑士文学的菲律宾文坛焕然一新，从此菲律宾文学开始与民族主义思想紧密结合在了一起。

随着宣传运动的失败，菲律宾人民意识到只有武装革命才是争取民族解放的出路，以博尼法西奥为代表的卡蒂普南运动革命者们扛起了民族主义的旗帜。这些革命者也创作了不少文学作品，激励民众奋起反抗殖民者的残暴统治，去追求民族独立自由的伟大理想。在他们的诗歌中，用激昂的笔调、细腻的情感表达了对敌人的满腔怒火，以及对同志和人民的无限热爱。虽然后来美国在军事上征服了菲律宾，但随后的美国殖民政府也不得不尊重菲律宾人民的民族主义情感和诉求，采取较为开明的政策，很多启蒙知识分子和民族主义者都被吸纳到政府中。随着公立教育体系的建立和现代社会生活的引入，美国殖民下的菲律宾社会更为繁荣和活跃，文学创作更为多彩，民族主义、爱国主义成为文学创作中的主旋律，出现了一大批热爱生活、人民和祖国的诗歌，将浓郁的爱国主义情感、追求民族独立解放的理想融入了诗歌之中。

马萨罗·德尔皮拉，笔名普拉里德（Plaridel），实际上是他将自己真名倒序拼写所起，他是律师、记者、报人和菲律宾共济会会员，还是诗人和时政评论家。德尔皮拉出生于布拉干省布拉干市，成长过程中日益对当时菲律宾的西班牙天主教教会制度不满，一八六九年在圣托马斯大学法律系读四年级时，他与教会神父为了昂贵的浸礼费用问题发生了争执，因而被投入监狱并剥夺学籍，直到一八七八年才终于恢复学籍。一八八〇年德尔皮拉取得了法学学士学位之后，在马尼拉的一家律师事务所担任律师。虽然平日是在马尼拉工作，但德尔皮拉在家乡布拉干省花费了更多时间，他利用浸礼、葬礼、婚礼、斗鸡等各种群众集会的场合，用他加禄语朗诵自己的诗歌，借此来讽刺和揭露西班牙修道士和殖民当局的倒行逆施。一八八二年六月一日，德尔皮拉与巴西里奥·莫然共同创办了《他加禄日报》。这是菲律宾的第一份双语报纸，由西班牙自由主义者弗朗西斯科·穆尼奥斯赞助出版，何塞·黎萨撰写的文章《热爱祖国》经德尔皮拉翻译成他加禄语后也在《他加禄日报》发表。虽然这份报纸仅存活了五个月即被殖民当局查封，但这份报纸的创办标志着菲律宾近代思想启蒙和民族解放运动的开端,一举揭开了菲律宾民族革命的序幕。一八八九年他迁往马德里,参加并主导了著名爱国改革报纸《团结报》的工作。他撰写了许多诗歌和评论文章,抨击天主教神父在菲律宾的虚伪行径,揭露西班牙殖民统治给菲律宾人民带来的罪恶,如《西班牙对菲律宾诉求的回答》《菲律宾的君主统治》等。德尔皮拉文笔尖锐泼辣,擅长讽刺和譬喻,在当时众多的菲律宾启蒙知识分子中独树一帜,他的文章在宣传运动中起到了非常突出的作用,直接影响了后来揭竿而起的菲律宾革命领导人波尼法西奥等人。随着宣传运动逐渐衰落,德尔皮拉贫病交加,经济拮据、身染肺结核,一八九六年七月四日在巴塞罗那病逝。临终前他总结自己的人生时说:"用和平手段来实现改革是不可能的,只有人民的起义才是唯一的出路。除了革命,菲律宾人民是得不到幸福的。"

　　何塞·黎萨,又译作黎萨尔、黎刹,是近代菲律宾民族思想启蒙运动的旗手,启蒙知识分子的领袖,著名诗人和作家,菲律宾共济会成员。黎萨有华人血统,是柯姓闽南人后裔,故华侨称之为柯黎萨。他被誉为"菲律宾国父""第一个菲律宾人""马来人的骄傲"等。黎萨一八六一年六月十九日出生在马尼拉以南的内湖省卡兰巴镇,他的家庭在当地富有且有声望。十五岁时他以最优等成绩,在马尼拉雅典耀学院获得文学学士学位,之后转入马尼拉的圣托马斯大学学医。一八八二年他赴欧洲留学,先后在马德里、巴黎和柏林攻读医学、文学和哲学,游历过德国、英国、美国、日本和中国香港。他学识渊博,兴趣广泛,涉猎了医学、音乐、绘画、雕刻、历史、文学等领域。除了西班牙语和他加禄语,他还懂得英文、法文、德文、意大利文、日文和中文等十多种外语。他曾与其他启蒙知识分子合作,投身于"宣传运动",通过自己的文学创作和报刊发表,揭露了西班牙殖民统治和天主教会的种种倒行逆施,并探讨菲律宾人民和社会的前途和道路。一八九二年他回到菲律宾,创立了菲律宾第一个全国性的民族主义团体"菲律宾联盟"。但很快黎萨就被捕和流放到棉兰老岛。随着菲律宾武装革命的爆发,西班牙殖民当局再次逮捕了黎萨并判处黎萨死刑。黎萨于一八九六年十二月三十日在马尼拉被枪决,其殉难地后来被建成为黎萨广场,菲律宾政府将他的殉难日规定为国定法定假日"黎萨日"。一九六一年,纪念黎萨诞辰一百周年时,菲律宾政府整理并出版了八卷本的《黎萨文集》,较全面地收录了他的作品。黎萨的著作和思想是近代菲律宾思想文化的杰出代表,对于菲律宾近现代文化的发展有深远的影响。

他最主要的著作是两部用西班牙文创作的长篇小说《不许犯我》和《起义者》，同时他还创作了大量诗歌。他的文学创作立足于现实主义，用生动的事实和丰富的情感，深刻揭露了西班牙殖民统治的罪恶，虽屡次被禁，但仍得以在菲律宾社会广泛地秘密流传，最终有力地推动了菲律宾民族意识的觉醒。他也是最早被介绍到中国的菲律宾文人，也是国内学界最熟悉的菲律宾作家，梁启超先生曾翻译了他的《最后的诀别》，题为《墓中呼声》，他的小说等文学作品也在中华人民共和国成立后被译为中文。

安德烈斯·博尼法西奥，菲律宾革命家、军事家、菲律宾共济会成员，菲律宾独立革命的发起者及主要领导人之一，被誉为"菲律宾革命之父"。虽曾在菲律宾革命中任临时政府主席，但从未正式就任政府首脑，然而一些菲律宾人仍视他为菲律宾民族独立历史上真正的第一任总统。博尼法西奥生于菲律宾马尼拉顿多区的一个贫困家庭，母亲有华人血统。小学时父母双亡，身为长子的他便辍学务工挣钱，养活弟弟妹妹，曾当过手杖制造工人、纸扇制造工人，后在外国商行当看守、送货员及店员。博尼法西奥虽然未受过正规教育，但喜爱读书，阅读了何塞·黎萨等启蒙知识分子在宣传运动中对西班牙殖民统治和天主教会的揭露与抨击，并在思想上深受影响。一八九二年博尼法西奥参加了黎萨创立的菲律宾联盟。但是在政治上，他不同意黎萨所追求的西班牙对菲律宾做出社会改革和改良，而是认为菲律宾需要人民武装革命来改变自己的命运，只有依靠人民群众的斗争，才能实现菲律宾的民族独立和自决。菲律宾联盟解散后，博尼法西奥创立了旨在推翻西班牙殖民统治的革命组织"卡蒂普南"，会员很快发展到十万人，一八九五年他任卡蒂普南的最高领导人，准备发起全民起义。因为起义意图的意外暴露，一八九六年八月二十六日卡蒂普南在巴林塔瓦克召开群众大会，揭竿而起，史称"巴林塔瓦克呼声"。消息传出，各地群众纷纷响应，举行武装起义，但起义军被西班牙军队击败后撤退。一八九七年三月二十二日，在特黑罗斯会议上，卡蒂普南组织发生内讧，阿奎纳尔多被推选为新的领导人，博尼法西奥宣布不承认这次会议的决议，双方最终火并，忠于阿奎纳尔多的军队将他逮捕。四月二十八日，军事法庭以煽动叛国罪判处博尼法西奥死刑，五月十日被杀害。菲律宾独立之后，追授博尼法西奥为"菲律宾革命之父"，他的生日十一月三十日被菲律宾政府定为"博尼法西奥日"，而其领导的卡蒂普南起义的日期八月二十六日也被定为"巴林塔瓦克起义日"。博尼法西奥在为革命事业奋斗的同时也积极进行文学创作,他一方面将何塞·黎萨用西班牙文创作的诗歌和文章翻译成他加禄语,一方面用他加禄语进行文学创作,激励人民奋起反抗。他最有知名度的作品包括诗歌《对祖国的爱》《菲律宾最后的请求》、散文《他加禄人应该知道》等,其中诗歌更具文学成就,在诗歌中他对侵略者嫉恶如仇,对祖国和人民无限爱恋,流血牺牲在所不惜。

格利高里娅·德·耶稣,又被称作"奥里昂大姐",菲律宾政治家、社会活动家、女诗人。她是安德烈斯·博尼法西奥的妻子,投身于卡蒂普南组织和菲律宾民族独立革命,负责保管卡蒂普南的秘密文件和印章,曾任菲律宾临时革命政府的副主席,在菲律宾独立革命中发挥了重要作用。她与博尼法西奥育有一子,但在几个月大时因天花而夭折。博尼法西奥遇难后,她与胡里奥·纳科皮再婚,育有五个子女,一九四三年她在马尼拉逝世。格利高里娅·德·耶稣早年曾受到良好的教育,在社会活动的同时进行文学创作,既抒发情感,又激励革命事业。这迥异于西班牙殖民时代菲律宾社会中女性只从事家务和劳作的传统,体现了女性在当时的解放和自立。格利高里娅还被认为是菲律宾历史上最早的女性诗人之一,在十九至二十世纪之交的菲律宾民族独立革命和菲美战争期间,菲律宾女性开始思想解放并走上文学创作的舞台,其中有不少人文学成就很高;而相对于其他女作家,格利高里娅是最早得到人民注意的,她作为革命家的政治地位让她的文学作品更为广泛传诵。她的他加禄语诗作在菲律宾文学史上开创了女性进行本土文学创作的先河。

菲律宾民族独立革命也是菲律宾妇女解放历史过程中的里程碑,除了格利高里娅·德·耶稣,还有一批女性先后登上了文学创作的舞台。当时最有名的女性诗作是《我们的请求》。该诗于一八九九年二月十七日发表在秘密发行的革命报纸《菲律宾先锋报》上,共署有九位作者的名字,分别是:维多利亚·拉克道、费丽芭·卡普鲁安、费丽萨·卡哈多、维多利亚·马乌西、帕特里夏·西马西格、萨瓦多拉·迪马吉巴、多洛蕾斯·卡丁迪、霍诺拉达·迪马乌加以及德奥多达·里瓦纳格。诗歌直指菲美战争中美国侵略军肆意践踏、奸污菲律宾妇女的兽行,成为了那个时代菲律宾女性反抗美国殖民侵略的宣言书。作者希望通过此诗,唤起人们对于战争中女性受害者的重视,哭诉菲律宾妇女在美国殖民统治下所受到的侵略者的残害和侮辱。诗歌所署的九个名字很可能是化名,实际作者已不可知。从名字上看全都是女性的名字,但每个姓氏都有特定的寓意,分别为:"跨越""群岛""判决""控诉""革命""不朽""站立""毫不动摇"和"光明"。这种采用化名署名的办法非常符合菲律宾民族独立时代革命者的传统，当时革命者在革命组织内通常使用富有革命进步思想、带有象征意味的词汇作为自己的化名，用于彼此间相互称呼，在发表政治宣言和文学作品时也会使用化名。比如在卡蒂普南中，安德烈斯·博尼法西奥叫作马巴格阿萨（Maypag-asa），意为"充满希望"；阿波利纳里奥·马比尼叫作达西米克（Tahimik），意为"安静"。所以，虽无法确定该诗真正的作者，但可以肯定是菲律宾独立革命的革命者所作，并且是从女性视角展开叙述、抒发情感的，旨在实现菲律宾女性的正义和解放。

到了美国殖民统治时期，在残酷的军事镇压和严刑峻法之下，无论是尝试武装斗争还是宣传民族独立思想都会受到深重的压制。但是，已经觉醒了的菲律宾民族在思想上已不可能再回到殖民主义时代了，民族主义思想和情感一直都是菲律宾文坛的主旋律，渴望自由、热爱人民、歌颂生活是知识界、文艺界、文学界的心声，更是得到了普罗大众的呼应和认可，于是涌现了一批爱国主义诗人，他们利用传统的菲律宾诗歌格律和样式，创作出了众多歌颂人民生活、向往民族自由、追求独立解放的诗歌。诗人和剧作家们还创作出了以菲律宾本土内容为中心、带有西班牙戏剧风格的萨苏维拉戏剧，在歌舞之中展现菲律宾乡土风情和民众生活，通过歌颂人民的生活来表达对祖国、民族的情感，从而间接地传播爱国主义和民族主义的思想。洛佩·桑托斯、伊尔德方索·桑托斯、何塞·科拉松·德·耶稣是这一时期诗人的杰出代表。

洛佩·桑托斯，是他加禄语作家和诗人，青年时代曾参加过一八九六年的菲律宾革命。二十世纪初在马尼拉学习法律期间，他受到了社会主义世界观的影响，创办了左派报纸《光明报》。他最著名的作品是出版于一九〇六年的小说《晨曦与日出》。这部小说含有鲜明的社会主义思想，是菲律宾第一部有社会主义倾向的文学作品，小说主题是寻求劳工解放，被后来的左翼力量誉为菲律宾劳动阶层的《圣经》。同时，他作为一个民族主义者和爱国主义者，曾发起运动，旨在促进菲律宾民族语言的发展，被誉为"菲律宾国语之父"。洛佩·桑托斯的诗作带有典型的菲律宾传统诗歌风格，遵从传统他加禄语诗歌格律，善于用简单而明了的意象传达思想，反映了现实主义和批判性的特征，展现菲律宾传统的农村社会结构以及不同阶级别样的社会生活，体现对社会生活中现实性问题的思考。

伊尔德方索·桑托斯，早年时他的一首情诗被意外出版并一举成名，从此他走上了诗人的道路，以笔名"东方之光"进行诗歌创作。他曾在菲律宾师范学院学习菲律宾语，之后从事菲律宾国语相关工作。

何塞·科拉松·德·耶稣，是菲律宾著名爱国诗人，他在美国殖民菲律宾时期，通过创作他加禄语诗歌，表达菲律宾人民对独立和自由的渴望。他出生于马尼拉的一个殖民政府本地官员的家庭，他获得了法学学士学位，但未曾从事过法律工作，而是热衷于创作诗歌，浪漫主义、理想主义、爱国主义是他诗歌的标志色彩和思想情怀。十七岁时，他发表了自己的第一首诗《渴望》，之后在他加禄语报纸上撰写专栏，嘲讽美国人在菲律宾的殖民统治，支持菲律宾人民争取自治和独立的事业。他在专栏上先后发表了四千多首诗歌，常使用笔名 Huseng Batute。他还致力于复兴菲律宾传统诗歌和民族文化，重启了以著名古典诗人巴拉格塔斯命名的"巴拉格塔斯"辩诗活动——即即兴创作韵文诗歌进行现场辩论的论战对决。

四、现当代时期

现当代时期指的是一九四六年菲律宾脱离美国殖民统治、获得独立至今，涵盖的正是菲律宾的现当代历史。独立之后的菲律宾，社会思想更为丰富和多样，走上了多元化发展的道路，既有热爱祖国和人民的民族主义思想，有关爱劳苦大众、追求社会公正的社会主义，也有抨击特权暴力、批判社会不公、追求社会正义的左翼进步思想，还有追求个性解放、思想自由的人本主义思潮。这些思潮反映到了菲律宾文学乃至菲律宾诗歌的发展上，不仅是在内容上丰富了诗歌文学的主题、让菲律宾诗歌有了更多的关注点，更是在形式上直接导致了新体诗的出现，很多诗人一改传统菲律宾诗歌重视每行固定的音节格式、规律性地押韵的形式主义特征，转而创作自由体的新诗，或者采用"旧瓶装新酒""古诗新作"的方式，从传统的巴松宗教诗歌、阿维特叙事诗等诗体获得灵感，借用人们耳熟能详的传统诗体创作现代内容的诗歌，来表达带有时代特征的思想和情感。

这个菲律宾文学新时代的开启无疑与此前的"维利亚—洛佩兹论战"有关。该事件是菲律宾文学史上承前启后的重要历史事件，直接影响和模塑了菲律宾的现当代文学，是菲律宾文学史上的"为艺术而艺术"和"为人生而艺术"之争。新批评主义文学思潮随着美国对于菲律宾的殖民统治，也影响到了菲律宾文坛。新批评主义于二十世纪二十年代在英国发端，三十年代在美国形成，四五十年代在英美非常流行，这种形式主义批评理论把文学作品作为完整的艺术客体，强调作品本身就是独立自主的，强调作品本体论，既不在乎作者的意图，又不考量读者的感受。这种文学批评思想在菲律宾影响了以何塞·维利亚为代表的一批文学家和知识分子。

何塞·维利亚，是菲律宾著名诗人、小说家、文学批评家和画家，曾于一九七三年荣获菲律宾"国家艺术家"称号，他受法国唯美主义文学思想的影响，主张"为艺术而艺术"，在诗歌和文学创作中力图追求文学自身的审美，他在诗作大量使用逗号来进行个性化的文学表达，当时他的观点在菲律宾文坛颇有影响、广为流行。然而，菲律宾社会是历经了长期的殖民地苦难，又深受新殖民主义困扰的，文学与现实社会生活之间的联系是不可能轻易地被忽略的，追求唯美的、为艺术而艺术的文学显得曲高和寡，虽然它体现了菲律宾文学的理想主义式的审美追求和思想解放，但菲律宾文学终究还是更加需要与复杂而苦难的社会现实相结合。

当何塞·维利亚的文艺思想在文坛流行的同时，另一位诗人则挑战了他的观点，并引发了菲律宾文坛的论战。萨尔瓦多·洛佩兹，是菲律宾作家、新闻记者、外交官、议员和教育家，曾在民族主义思想圣地——菲律宾大学任校长。一九四〇年，他的一篇文章《文学与社会》获得了菲律宾联邦的"联邦文学奖"，他反对纯艺术的文学，认为单纯的艺术空洞无物，强调文学要反映人生，关心劳苦大众的生活疾苦，反映现实社会中的问题。这篇文章一石激起千层浪，菲律宾文学界因此展开了宏大的论战，探讨文学的社会价值和终极意义，此后的第二次世界大战和菲律宾独立更为创作富有时代特征的现实主义文学提供了土壤，最终催生了菲律宾的无产阶级文学，掀起了菲律宾现当代文学中的现实主义浪潮。在现当代文学的众多作品中，很多都表现出了浓郁的现实主义倾向，反映社会不公、追求正义公平成为了主流的思想情感，一批忧国忧民、锐意进取的诗人涌现而出。

现实主义是这一时期诗歌文学的重点，针砭时弊、追寻理想在这一时期的诗人中得到共鸣。在菲律宾的现实主义文学和无产阶级文学中，赫南德斯无疑是最为知名的。阿马多·赫南德斯，是菲律宾作家、报人和工人运动领袖。二战期间，一九四一年他参加了抗日抵抗运动，担任游击队的情报员，接触到了"菲律宾人民抗日军"，即后来发展成具有共产主义性质的农工革命运动——"胡克"运动，从那时起受到了左翼思想的影响。他从青少年时代就开始写作，给《旗帜》报纸和《团结》刊物写文章，并成为《万岁》刊物的编辑，还参加了颇有名气的文学社团，他的文章和诗歌也被当时的一些文人收入了文集。菲律宾独立之后，他一边从事新闻事业，一边投身工运，组建了全国最大的工人运动组织"菲律宾劳工组织大会"并担任主席，团结各工运组织，在四十年代末领导了多次大罢工。五十年代菲律宾政府在各地镇压共产主义运动，赫南德斯于一九五一年被捕入狱。在狱中他创作了大量文学作品，还编辑了报纸，五年后，在各方努力下，赫南德斯被保释出狱，他继续从事新闻工作，在菲律宾大学教书和写作，最终菲律宾政府赦免了赫南德斯。他的文学创作根据的是自己参加抗日游击队、领导工人运动以及作为政治犯坐牢的种种经历，深刻地展现出那个时代左翼知识分子爱国进步、追求公平正义和民主自由的思想和情怀。

阿莱汉得罗·阿巴迪利亚，又根据姓名缩写被称作"阿加"（AGA），是菲律宾著名诗人、作家。他于一九三五年创立了"文学社"，并主编刊物《文学》。他被誉为菲律宾现代诗歌之父，他反对传统诗歌过分强调浪漫主义的倾向，以及对韵律和格律的过度强调，主张创作更为自由奔放、体现人性解放的新诗。《我是世界》不仅是阿巴迪利亚本人的代表作，也是菲律宾现代诗的开山之作和代表作，是菲律宾最早和最有名的新体诗，它被誉为是第一首放弃传统诗体的菲律宾诗歌作品。

维基里奥·阿尔马里奥，常以笔名"Rio Alma"闻名，意为"阿尔马之河"。是菲律宾当代最负盛名的作家、诗人、文学批评家，菲律宾大学教授。他被授予"国家艺术家"称号，并担任国语委员会主席、国家文化和艺术委员会主席等。在诗歌创作上，阿尔马里奥既重塑了菲律宾传统诗歌的创作，成为了当代"巴拉格塔斯主义"——菲律宾传统诗歌的代表人之一；同时又创作了大量新诗，其进步思想和优秀作品为他赢得了无数美誉和殊荣。

菲律宾现当代诗歌往往和具体社会生活众多民主自由、贫困不公、族群融合等结合在一起，众多诗人用自己优美的诗歌进行深邃的现实主义思考和关注。何塞·拉卡巴，常被称为贝特·拉卡巴，是菲律宾电影编剧、诗人、剧作家和新闻记者。《圣约瑟的赞美诗》是拉卡巴的代表作，在格律上完美地模仿了巴松赞美诗的常见样式，在内容上通篇采用讽刺、嘲弄、愚弄的语调，借用的是耶稣赞美诗常见的生平情节——圣母玛利亚童贞受孕、丈夫圣约瑟茫然无措却又忍气吞声，以此来影射当时菲律宾社会和菲律宾人民处在马科斯的军管独裁统治之下，民主被压抑，权利被剥夺，人民正在被暴政所强暴。

贝尼格诺·阿基诺，全名小贝尼格诺·西蒙·阿基诺，常被人们称为尼诺伊，是菲律宾政治家、著名民主斗士。他是菲律宾自由党的领袖，时任菲律宾总统马科斯的主要政敌。七十年代身陷囹圄的时候，他创作了歌颂自由、爱国爱民、充满乐观精神的诗歌《你不能停歇》。

何塞·玛利亚·西森，全名何塞·玛利亚·堪拉斯·西森，菲律宾共产党（"新菲共"）创始人和政治家、诗人和作家。他从青少年时代就接触到了共产主义思想，并积极投身社会政治活动，于一九六八年重建了菲律宾共产党，即主张马列主义和毛泽东思想的"新菲共"，并成立了革命武装"新人民军"。马科斯军管独裁期间，他被捕入狱九年，在狱中写了很多诗歌，一九八六年出狱后结集《监狱和其他》并发表，随后获得了东南亚文学奖。他的诗歌作品文学价值很高，用现代诗优美而深刻的笔调，表述了坚贞不屈的斗争精神和浪漫乐观的思乡情怀。

乔伊·巴里奥斯，全名玛利亚·约瑟芬·巴里奥斯，是菲律宾女诗人、社会活动家、剧作家、演员、翻译家和教师。她的诗歌堪称当代菲律宾文学中女性诗歌文学的代表，站在女性的视角上，探讨性别平等、尊重女性和社会正义，代表了当代菲律宾女性对于自由、平等、解放的追求。因此，她被誉为是"菲律宾文学史上最重要的四位女诗人之一"。

华人作为菲律宾民族新的组成部分，他们创作的文学也是菲律宾现当代文学的组成部分，并且往往既展现了对于中华文化的敬仰和归属感，又展现了融入菲律宾主体社会的热切和认同。施华谨是当代知名的菲律宾华人翻译家和诗人，作为当代菲华文学的代表，他多年来致力于菲文文学创作，并大量翻译中、菲两国文学，推动菲律宾华人华裔族群与菲律宾主体社会的融合。麦克·科罗萨，现任马尼拉雅典耀大学菲律宾语系教师，一直致力于诗歌、散文和儿童故事的创作。他的著名诗作《断脚》在一九九一年获得菲律宾巴兰卡文学奖（诗歌类）的提名，展现了菲律宾当代社会的贫困、暴力等沉重的现实问题。

纵观菲律宾文学发展的历程，诗歌自始至终都是最为重要，也最具代表性的文体。诗歌传统是菲律宾民族文化中绝不可缺少的。菲律宾诗歌的发展史其实构成了菲律宾文学史的核心内容。散文文体在菲律宾文学中直到十九世纪才出现，此前只有西班牙神父在宗教文学中用散文文体创作宗教祈祷词、布道词。直到十九世纪中叶，才出现了以莫德斯特·卡斯特罗为代表的菲律宾本土神父，用他加禄语创作布道词等带有宗教文学背景的训诫文学，比如其代表作《乌巴娜和菲丽萨两位女子的书信集》。在此之前，菲律宾的诗歌文学史就等同于菲律宾文学史。诗歌是菲律宾文学历史中的参天大树，散文、戏剧、小说都是在这棵巨树下成长起来的花草苗木，直到十九世纪末、二十世纪以后才逐渐形成规模，才在菲律宾文坛上成为能够和诗歌等量齐观的文学体裁。

回顾文学的历史，菲律宾的诗歌植根于传统的民间文学，展现了菲律宾群岛各民族对于自然界的观察、对于神灵世界的信仰、对于生活的赞美和感慨。当菲律宾诗歌遇到西班牙殖民者带来的外来文学和宗教时，它采取传统的音韵和格式，以天主教为创作主题抒发对神灵和信仰的情感，以骑士文学的浪漫冒险故事为主题表达对勇敢和爱情的歌颂，用菲律宾本土方式来演绎西班牙式的文学故事。当民族觉醒、思想启蒙的浪潮袭来时，菲律宾诗歌又摇身变作批判殖民主义罪恶、唤醒人民大众最好的武器，富有格律、押韵和节奏的诗篇表达出被压迫人民的怒火，吹响了奋起反抗、追求解放的号角，在美国新殖民者的干涉下武装斗争失败了，但民族主义、爱国主义的思潮已经不可阻挡，诗歌成为了呼唤全民族最终获得自由解放的文学载体。当菲律宾终于获得独立，走上自己发展道路的时候，诗歌又成为了新时代针砭时弊、批判社会不公的武器，它既是幽默、讽刺的语言对敌人嬉笑怒骂，又是深邃、同情的语言对劳苦大众关爱和关怀，现实主义始终浓浓地聚集在菲律宾诗歌之上，构成菲律宾诗歌在现当代社会最重要的社会价值，但理想主义仍存在于斯，文人墨客借此来表达超越现实世界的情怀和关爱。所以，诗歌是菲律宾文学的灵魂，折射出菲律宾各民族人民在不同历史时代的思想、认识、感受和情怀。

本书中诗作的选择采取了较为宽松的标准。菲律宾诗歌与民间文学有着极其紧密的关系，近现代菲律宾诗歌长期以来从民间文学的民间歌谣、英雄史诗等抒情和叙事诗中吸取养分和灵感，参照民间歌谣中常见的韵律、节奏、格式等形式主义层面的文学传统进行创作，所以选取了不少属于民间文学的名篇，尤其是两部被联合国教科文组织列为"世界非物质文化遗产"的英雄史诗，都从中选取了精华篇章。西班牙殖民统治时代，因为文字材料被神父等掌控，正规教育长期被限制在极小的范围内，掌握文学创作的社会精英数量很有限，所以直到近代，菲律宾的诗歌并不算多，本书选取了其中主要的代表作和重要的诗人与文学家。进入二十世纪，菲律宾文学史进入现当代时代，随着公立教育的不断深入开展，社会进步和发展，文学创作变得越来越活跃，产生了不少有名气的优秀诗人和诗作，尤其是到了当代，第一次人民力量运动之后，近三十年来文学创作更为繁荣。不过限于时间距今过近、还有待于历史沉淀，所以本书选取了已经家喻户晓、成为时代经典，或者极具代表性的诗人和诗作。这些不同时代、不同民族的诗人和诗作之间很难比较出一流、二流，更不可能辨析哪一个是真正的杰作，这是因为它们都隶属于各自的时代、民族和环境，反映出的是各自的特色，彼此间是无法比较的。但它们共同的特点是，它们各自代表了自己的时代、自己的族群的最强音，承载了当时最具代表性的社会思想，与当时最重要的文化事件、社会历史事件结合在一起，反映了当时人们的心声、体验、感受、思想、信仰和情怀，都是我们在回顾菲律宾文学史或进行文学史研究时绝不可能绕开的代表作。本书选取作品时正是采用这一原则，即选取不同时代、不同民族、不同门类最具代表性的诗作，以此给读者呈现出多民族、多语言的菲律宾诗歌在各个社会历史时代和文化环境的全面概貌。

　　本书对诗作的翻译遵从的原则是充分尊重原作在内容和形式上的精神，首先忠实于原文的思想内容，然后再尽可能兼顾形式的优美和传神，如遇矛盾，还是以还原原作原文的内涵精髓为重。个别诗作前辈学者、华人学者已做了中译文，在确认译文正确无误的前提下，直接采纳并注出其译者，或者稍加改变调整以符合现在读者的阅读习惯。本书部分译文由郑友洋始译，包括《一双筑巢鸟》《丰收时节》《我是田野》《在海边》《爱》《无论在何方》《我是世界》《圣约瑟的赞美诗》《断脚》，译者再行修改而成。

史　阳

哈努努沃族民间歌谣

　　哈努努沃人全称哈努努沃芒扬人，是世代居住在菲律宾中部民都洛岛南部山地和丘陵地区的原住民族。菲律宾原住民族绝人多数是无文字民族，但极为罕见的是，哈努努沃人有自己的文字书写系统，其文字被称为"芒扬文"，他们的民间诗歌被统称作"安巴汉"，用芒扬文写成。

　　安巴汉民歌的内容兼有叙事，更多的则是抒情，哈努努沃人主要是用它来表达对生活中各种事物的感想、感悟和感慨，内容上既有直抒胸臆，又有对比、反讽、自嘲等表现手法。安巴汉诗歌通常是从哈努努沃人身边日常的事情讲起，借物咏人、借物抒情，表达自己的情绪、审美、情感、价值观等。有趣的是，哈努努沃人非常擅长在诗歌中使用意向强烈的对比等修辞方法，来加深自己在诗歌中的情感表达。比如，抒情歌谣《洗澡》从洗澡这件生活日常小事说起，一心想去好好洗个澡，却发现河水被随流而下的木头堵塞，再也洗不成了，表达大自然万般变化让人感到被戏弄而欲罢不能的遗憾。另一首歌谣《满月》则先通过盈满月亮的美丽诉说自己对心上人的思念和渴望，但后半部分又表露出自己无法留下对方的无奈之意，心中的爱恋像天上的明月一样遥不可及，月儿越是明亮，越是让人心中愁苦。类似的主题在安巴汉诗歌中很常见。

洗　澡

我想去河边洗澡，
用水瓢儿来濯水，
用柠檬汁来洗发。
但我却洗不成澡，
流淌不息的河流，
竟被木头堵住了。

满 月

满月当空高高挂，
温柔月光洒满地。
你能不能告诉我：
为何你如此美丽？
若有如此俊男子，
我定紧紧抓住他。
抓住头发不让走，
抓住衣角留下来。
但我却无能为力，
就像明月不可及。
盈满月亮如此明，
翻过那高高山岗，
越过那广阔平原，
消失在地平线下。

他加禄族民间歌谣

　　这是一首他加禄人的民间歌谣。它带有鲜明的他加禄传统文学的特色，在形式上遵照每节四行、每行十二音节的格律和押韵，在内容上强调说教，寓教于诗，具有鲜明的教育、警示意义。这也是菲律宾传统诗歌文学的常见特点，即采用浅显易懂的语言、直接清晰的意象来表达某些人民大众熟知的价值观或生活哲理。这首诗以鸟喻人，通过鸟类家庭的生活场景来类比人类的家庭生活，达成了"父母应养育子女、子女应回馈父母"的教诲效果。

一双筑巢鸟

一双鸟儿筑巢
在那繁茂高树。
反复巩固加牢，
历年完好如初。

妈妈生蛋两只，
爸爸相伴孵育；
悉心哺育喂食，
幼雏巢中啾啾。

雏鸟双双长大，
父母留守在巢。
雏鸟展翅寻觅，
回报父母辛劳。

希利盖农语民间歌谣

　　这是一首希利盖农语民间歌谣。希利盖农是菲律宾中部比萨扬群岛西部的一个地区，希利盖农语即是比萨扬语的西部方言。诗歌展现的是比萨扬乡村地区稻米丰收时节的场景。诗句采用拟人化的手法，用各种农用器具、农作牲畜的口吻来讲述，展现农业丰收、人人欢唱的场景。这些器物按日常农村使用时的男女分工，也被标记了各自的性别角色，比如春米通常是男子干的农活，所以米臼、木杵是男性角色；煮饭通常是女子所为，于是木勺被定为女性角色。诗歌借用农具们之口，把春米、去壳、煮饭、盛饭等一系列处理稻米的步骤一气呵成，生动地反映了农家生活，渲染出一幅欢乐祥和的生活氛围。

丰收时节

无乐可堪比
稻米大丰收
家家又户户
人人都欢歌。

米臼也唱道：
"我是优雅男
舂捣稻米时
从不会抱怨。"

木杵也答道：
"我是健美男
舂捣稻米时
牙齿响嘎吱。"

水牛也回应：
"我是时尚女
抛扬稻谷时
谷壳四飞溅。"

陶罐也说话：
"我是美丽女
稻谷装进我
便不再动摇。"

饭勺也开口：

"我是端庄女

搅动米饭时

席子也翻身。"

管道也答话：

"我是纯洁女

倾倒米饭时

即刻入我口。"

佚 名

　　《风暴与黑暗之时》是菲律宾文学史上有籍可载的、用本土民族语言书写的最早的书面文学作品。十六世纪西班牙在菲律宾建立殖民统治之后，各修会的传教士开始出版各种传播天主教的图书。传教士弗朗西斯科·圣何塞于一六〇五年编辑、出版了《基督生平纪念》一书，书中收录了这首他加禄语诗歌《风暴与黑暗之时》，但作者不详，一般认为该诗是正在学习本地语言他加禄语以便传教的西班牙传教士，或皈依了天主教、同时掌握了西班牙语和菲律宾本地语言的本土双语诗人，尝试着用本地语言他加禄语来创作天主教主题诗歌的结果。该诗主要讲述的是作者在面对艰难困苦、重重诱惑时，仍坚信基督耶稣、对天主教矢志不渝的庄重宣言和宗教情感。

风暴与黑暗之时

风暴来临，黑暗笼罩
滂沱大雨，倾泻如注
但我矢志，奋勇前行
开启神圣之旅
我将上下求索
追随万能天主。

世间魅惑，片刻未息
意欲诱我，走入迷途
但我不渝，不断奋进
翻开神圣之书
拿它作为自己
奋勇斗争武器。

过往岁月，盲目而行
衷心感谢，它的指引
始终为我，带来光明
天主嘱命神父
展示这本圣书
向我启示真理。

纵然有那，惊涛骇浪
狂风暴雨，船翻舟毁
幸而有此，圣书助我
重新积蓄力量
犹如水中浮木

令我转危为安

就算是会，跛脚瘫痪
绝挡不住，我的脚步
因为我有，手中圣书
它指明了道路
让我拄杖前行
终生矢志不渝。

一六〇五年

加斯伯·阿基诺·德·贝伦
（生卒年代不详）

　　十七世纪菲律宾诗人和翻译家，其创作主题集中在天主教宗教文学，代表作品为《我们的主耶稣基督的赞美诗》。十六世纪西班牙在菲律宾建立殖民统治之后，通过天主教传教和西班牙语教育，培养出一批既熟悉天主教教义，又掌握西班牙语的菲律宾本土知识分子，被称为"拉丁人"，德·贝伦是其中的杰出代表，也是"西班牙式"菲律宾宗教文学的集大成者，他仿照天主教的耶稣受难赞美诗"巴松"（Pasyon）的样式，创作了该诗。他以耶稣基督的生平为基础，把耶稣基督描述为平易近人、生活化和人性化的形象，契合了普通信教民众的民族文化传统，反映了民众对于天主教的心理期望和情感认知，塑造出了一个菲律宾式的"耶稣"，从而体现出了鲜明的天主教本土化的色彩。

我们的主耶稣基督的赞美诗（选篇）

彼得的拒绝

彼得，你拒绝了
万能的耶稣基督
深深地背叛了他
但你不要当真
或是因此后悔。

当仁慈的耶稣
注意到胆怯的彼得
像孩子一样撒谎
否认自己认识耶稣
转身走开，若无其事。

耶稣用忧伤的目光
深沉地望着彼得
带着一丝淡淡的责备
激起从未有过的
挚爱与关切。

耶稣目光深沉
好像喃喃说道
算了吧，彼得
你不认识我
但我认识你。

我的使徒和助手
虽然你拒绝认我
否认与我相识
但也不用愧疚
因为我无上仁慈。

就算你否认与我相识
仿佛我是一个陌生人
这是你的过错
但只要你静心忏悔
就不会受到惩罚。

无需质疑我的仁慈
无需怀疑我的慷慨
你早已耳濡目染
我的慈悲和关爱
会伴随你的一生。
无论何时何地
如若有人犯我
我都会以德报怨
现在你虽伤害了我
我怎会不以慈悲待你？

啊，你不要离开
我是你的悲伤之源
你和我的身心
紧密连在一起
我不愿弃之而去。

虽然你拒绝认我

但你对我信心依旧
因为我爱你如爱
天上万能的天主
他将宽恕你的一切。

虽然你犯了大错
虽然你误入迷途
但你会重返正道
我是你的牧者和明灯
是你的慰藉之所。

于是彼得回首望去
两人目光交汇
耶稣基督目光如炬
如箭镞、如荆棘
直击他的罪责。

短暂的瞬间
他意识到自己
已然铸成大错
令他黯然神伤
深陷懊恼和愧疚。

于是他转身离去
走出城镇
来到僻远的荒野
为自己犯的罪过
啜泣和懊悔不已。

他责备自己

没有尊重耶稣基督
他怪罪自己
伤害了万能之主
这让他十分痛苦。

他日夜哭泣
泪眼婆娑
悔恨让耶稣受辱
想鞭笞自己的身体
作为惩罚和赎罪。

他斥责自己的灵魂
因为他忘记了
伟大的上帝
他捶胸哀叹
泪水泉涌而出。

他说，我的上帝
我不配做一个人
我已人神共愤
我是这般愚蠢
已成卑劣之流。

你是我的主人
我对你忠诚无比
虽然我背叛了你
想都没想就拒绝认你
背叛了我对你的诺言。

啊，彼得，这的确是遗憾

待你须发斑白
待你年老体衰
待你无法行走
再去惩戒自己。

你有没有想到
你的谬误和错行?
他对你最为仁慈
但你忘却了感恩
亏欠了造你的上帝。

昏头昏脑的你只能
吞下苦涩的恶果
流下痛苦的泪水
因为你没法面对
你的主人，耶稣基督。

你还能求助于谁?
你还能责怪于谁?
这都是你的罪过
是你自己违背了
曾经的誓言。

你总是这样
一直心怀不轨
不懂得感恩图报
你背叛了上帝
你将心沉孤寂。

你只是口头说得好

还没让你吃苦受罪

你就立刻食言

背叛了你很久以前

向上帝许下的誓言。

事到如此，你要怎样？

你还不睁开那双

幼稚蒙蔽的眼睛

去好好看看你

故作不认识的耶稣基督？

从现在开始你必须

洗心革面、反省自己

求助于慈爱的上帝

让你迷途知返

救赎自己的罪过。

一七〇四年

弗朗西斯科·巴拉格塔斯
（一七八八年至一八六二年）

　　他加禄语诗人、菲律宾最负盛名的桂冠诗人，因为西班牙统治者要求姓名西班牙化，所以他在官方场合又名弗朗西斯科·巴尔塔萨。

　　一八三五年，巴拉格塔斯迁居潘达肯，遇见了玛利亚·里维拉并对她一见倾心，然而这遭到了情敌马里亚诺·卡布勒的破坏，卡布勒利用自己的权势将巴拉格塔斯陷害入狱，并娶走了里维拉。在狱中，巴拉格塔斯感慨于这段被人横刀夺爱，又身陷囹圄的人生，基于这段跌宕起伏的亲身经历和心路历程，用他加禄语创作了反抗侵略、批判内奸、歌颂爱情的长篇叙事"阿维特诗"——《弗洛伦特和劳拉》。

　　该诗全名为《弗洛伦特和劳拉在阿巴尼亚王国的过往生活》，语言生动流畅、情节跌宕起伏，成为中古时代他加禄语文学中最为流行和知名的叙事诗。不仅是巴拉格塔斯个人的代表作，更代表了近代以前菲律宾作家文学的巅峰。巴拉格塔斯也因此被誉为菲律宾文学史上最伟大的两位"文学巨匠"之一。

弗洛伦特和劳拉（选篇）

上天的复仇

复仇的上天，你怎么不发怒？
当罪恶无耻的旗帜，
在阿巴尼亚的土地上肆虐，
你却还袖手旁观默不作声。

我不幸的祖国，阿巴尼亚，
已被叛徒篡夺了王位，
所有正义和善良的人们，
都被埋没在苦难和哀痛中。

人们的善意和良行被拖入
嘲讽和批判的深渊；
心地善良的人们无需棺材
就会被恶意所埋葬。

而那些邪恶无耻之徒，
却堂而皇之被歌功颂德，
背信弃义的卑劣小人，
却被献上鲜花和礼赞。

叛徒和恶人得势猖狂，
美德和谦卑屈尊在下，
正义之神卑躬屈膝，
它也只能黯然流泪。

人们若是开口说出
善意和好心的话语，
就会被邪恶之剑
屠戮和毁灭。

对财富和权力的贪婪、
对荣耀的追逐，像狂风肆虐，
这些世间罪恶之源，
让我的祖国如此可怜。

为了攫取林赛王的王冠，
为了褫夺我父亲的财富，
恶贯满盈的阿多弗
在阿巴尼亚罪恶滔天。

仁慈的上苍啊，你就
眼看着罪恶这般发生？
你是正义和美德之源，
但却让暴行到处肆虐。

请你亮出正义之剑，
喷出复仇的怒火，
席卷阿巴尼亚的大地，
把罪恶和暴行荡涤一空。

上天，你怎么装聋作哑？
对我的诉求熟视无睹？
对于困苦不堪的人们，
你为何充耳不闻？

但是，伟大的神灵啊，
世间有谁知晓你的奥秘？
这尘世间的一切，
若没有你，皆不会发生。

啊，上天，如果就连你
都拒绝倾听我的哀怨，
我还能向谁求助？
我还能到哪评理？

上天，如果你若是想
让我来承受这些痛苦，
请你不要让劳拉知晓
让她能不时惦念着我。

我的身心深陷在这
苦难和哀伤的大海，
唯有对劳拉的爱恋
是心中仅有的慰藉。

想起我的心上人，
心中便充满温暖，
就能抵御那暴君
带来的苦难和哀伤。

我已身陷囹圄，
虽然行将就木，
但心上人的爱，
能让我升入天堂。

当我的脑海中出现，
我和她的海誓山盟，
我受苦时她的泪水，
能让我终化悲为喜。

但是，造化弄人！
我的心上人已经屈服，
悄然投入别人的怀抱，
往日的爱恋还有何用？

我眼见着心爱的劳拉
已经被阿多弗抢夺走；
你为何不让我就此去死？
我不想再受这苦难折磨！

一八三八年

马萨罗·德尔皮拉
（一八五〇年至一八九六年）

笔名"普拉里德"（Plaridel）是其姓氏的反写。德尔皮拉是十九世纪后半叶菲律宾民族思想启蒙时代的著名启蒙知识分子，争取菲律宾社会改革的"宣传运动"的领导者之一，记者、报人、诗人和时政评论家。他以文学创作和新闻出版为阵地，创作了《低等人唱诵的赞美诗》《西班牙对菲律宾诉求的回答》等一批优秀的诗歌和时政评论作品，辛辣地抨击了西班牙在菲律宾的殖民统治，深刻地揭露了天主教会对菲律宾人民犯下的种种罪行，主张菲律宾实现民族自决和自治。他文笔尖锐泼辣，擅长讽刺和譬喻，在当时的菲律宾文坛独树一帜。一八九六年德尔皮拉在贫病交加中英年早逝，但他的进步思想直接对即将到来的菲律宾民族独立运动产生了深远的影响。

低等人唱诵的赞美诗

啊！残暴无情的神父
你们的脑中空无一物
却发号施令、蹂躏践踏！
对无辜者的鲜血
毫无怜悯之心。

啊！刚愎自用的神父，
你们满脑的奇思怪想
说起来振振有词，
你们该好好想想
做出来的谬误百出。

啊！恶习难改的神父，
你们毫无良心可言，
贪图美色强抢霸占
把女孩揽入怀中
好让自己称心如意。

你们对惨死的人民
毫无慈悲和怜悯，
满口的谎言妄语，
对人民尽是欺骗、
苛责、蹂躏和霸占。

啊！神父，你们将下地狱
受到无尽的苦难和病痛，

你们这些贪婪的蠢货，
会因为背叛耶稣基督
而被地狱之火炙烧。

你们承蒙上帝的宽容
却狼心狗肺、禽兽不如，
教唆人民邪恶与谬误，
要知道，以利亚和以诺
终将会降临人间。

你们制造混乱和灾祸
愚弄这方土地上的人民，
为什么现在却又，
脸色一变、一声不吭？
难道失魂落魄了？

收起你们的贪欲吧，
好好思考一下，
忏悔你的罪行，
若是继续肆意妄为，
你们终将灰飞烟灭！

教诲：

当神父对你
有所求之时，
他会热情待你，
当他获取所求，

便把你一脚踹开。

当你富有之时，
神父会是你的好友，
当你穷困潦倒，
再也掏不出钱了，
你对他便一文不值。

世间即是如此，
当你和神父结交为友
他们会以炼狱救赎之名，
一点一点把你的财富
榨取得一干二净。

他们会说，人们啊
就该像树木结果一样，
若是你不去缴纳
葬礼和弥撒的费用，
就会被赶到和乐岛和巴拉圭[1]。

基督徒们，你们
用自己的良心好好想想，
安静地思考一番，
如果把神父赶走
各种烦恼是否就一扫而空？

如果能消灭他们，

1　和乐岛是菲律宾南部苏禄群岛地区的岛屿，巴拉圭当时是西班牙在南美洲的殖民地，在这里两者指的都是西班牙治下僻远的不毛之地。

我们就能真正受益
就能开始轻松生活。
我们的苦难和哀愁
便会随风而去。

到那时，我们会
取得进步、智慧
和财富，再也不用
担惊受怕、忧心忡忡；
美好时光即将到来。

所以，无论你是谁，
都好好听听这教诲
把它传给子孙后代；
远离那些修道院
远离那些神棍佬。

一八八七年

何塞·黎萨

（一八六一年至一八九六年）

近代菲律宾民族思想启蒙运动的旗手，菲律宾启蒙知识分子的领袖和宣传运动的领导者，著名诗人和作家，被誉为"菲律宾国父"。他最主要的著作是两部长篇小说《不许犯我》和《起义者》，同时还创作了大量诗歌。他用生动的事实和丰富的情感，深刻揭露了西班牙殖民统治的罪恶和天主教会的倒行逆施，最终有力地推动了菲律宾民族意识的觉醒。黎萨创立了菲律宾第一个全国性的民族主义团体"菲律宾联盟"，后来被西班牙殖民当局逮捕和流放，并最终于一八九六年十二月三十日在马尼拉被杀害。

黎萨的著作和思想成为了近代菲律宾思想文化的杰出代表，对于菲律宾近现代文化的发展有深远的影响。黎萨是最早被介绍到中国的菲律宾文人，也是国内学界最熟悉的菲律宾作家，梁启超先生曾翻译了他的《最后的诀别》，题为《墓中呼声》，他的小说等文学作品也在中华人民共和国成立后被译为中文。

致海德堡的花

去吧，异国的花朵，去到我的家乡，

让旅人把你们撒播在他的路上。

在那里，在祖国的蓝天下，

有我心爱者的住房。

请告诉她们我忠贞的信念，

就说游子在叹息，在思念他的故乡！

去吧，请告诉她们……当黎明

初次催开你们的花萼，

你们曾见他在冰冻的内卡河旁，

默默地在花丛边

怀念着祖国四季皆春的风光。

就说当一阵微风

悄悄窃走了你们的馨香，

又轻轻对你们把爱情歌唱，

他也在用祖国的语言

低声倾诉着思乡的衷肠；

当朝阳给柯尼斯土尔的峰巅

镀上一抹灿烂的金光，

又以它微温的火焰

惊醒了森林、丛莽和山岗，

他正在向初升的太阳敬礼呵，

在他的祖国，此时已赤日当空，无比辉煌！

请告诉她们，那一天，

当我把你们采自路旁，

从古堡的废墟中，

从密密的林荫里，从内卡河岸上；

请告诉她们，我那时对你们说的话，
当我小心翼翼地
把你们娇嫩的花瓣
夹在一本旧书里珍藏。

异国的花朵呵！请你们带去吧，
把爱带给所有我心爱的人，
把和平带给土壤肥沃的家乡，
把贞洁带给女人，把忠诚带给男子，
让可爱、善良的人们都得到健康，
让健康守护着我神圣的父母之邦……

当你们飘落在我祖国的海岸，
请把我给你们的吻
寄托给微风的翅膀，
让我的吻随风飘扬，
把我所热爱、敬慕和爱抚的一切吻遍。

呵，花朵！你们将去到我的家乡，
也许你们能保持美好的容颜；
但你们一旦远离自己英雄的国土，
远离生你育你的地方，
你们将失去自己的芬芳；
因为芳香是花之精魂呵，
它永远离不开天空，
也永远不能将这曾见它诞生的天空遗忘。

一八八六年

（顾子欣　译）

最后的诀别

永别了，敬爱的祖国，阳光爱抚的国土，
您是东海的明珠，我们失去的乐园。
我忧愤的生命，将为您而愉快地献出，
即使它将更加辉煌壮丽和生气盎然，
为了您的幸福，我也乐意向您奉献。

在烽烟四起的沙场，恶战方酣，
人们毫不犹豫、毫不悔恨地英勇献身。
不管死于何处，在翠柏、月桂或百合花旁边，
还是在绞架上、旷野间，更不管是阵亡，还是悲惨地殉难，
只要是祖国和人民的需要，全都一样光荣。

在迎接曙光时，我将安息长眠，
黎明将冲破黑夜，阳光要普照人间。
假如您需要颜料来把黎明渲染，
请让我的热血奔流在美好的时辰，
让它把这新生的曙光染得更加金光闪闪。

我少年时代，美梦翩翩，
我青年时代，理想常燃。
我切盼有一天，能看到您这东海明珠的容颜，
您乌黑的眸子不再流泪，眉宇的皱纹得到舒展，
没有怨恨重重，更没有血迹斑斑。

我毕生美梦，强烈而热切的心愿；
"万岁！"就是我的灵魂向您告别时的呼喊。

"万岁！"啊，我倒下去有多么幸福，为了让您永远高耸云天！
我为要您的永生，而死在您的胸前，
在祖国的锦绣河山长眠。

假如您在我的坟头上，在茂密的草丛间，
看到一枝孤独的小花，迎风招展，
它就是我的灵魂，请摘下来亲吻，不离唇边。
我的头额在阴冷的墓穴，
将感到您柔和的呼吸充满温暖。

让清柔的月光把我爱抚，
让黎明的曙光照耀人间。
让微风为我唱出的挽歌，深沉哀怨，
若有鸟儿停足在我的十字架上，
就请它把和平的赞歌，唱得清脆婉转。

让炽热的阳光把雨水搬迁，
让苍穹恢复明净，把我的抗议带上九天。
让善良的人们哀悼我过早地离开尘寰，
倘若有人在寂静的长夜为我祈祷，
啊，我的祖国，请您也为我的安息祝告云天。

祷告吧，为了所有不幸献身的人们，
还有那些受凌辱的人，他们正在受难。
祷告吧，为了正在痛苦呻吟的母亲，她们十分可怜，
还有那众多的孤孀，和身受酷刑的囚犯，
也为了您自己，总有一天您能获得复兴。

当黑夜沉沉笼罩陵园，
唯有死者守护着它，彻夜不眠。
请不要打扰他们的休息和神秘的安恬，

也许您会听见一曲高歌，海上管弦，

那就是我呀！亲爱的祖国，我在为您引吭高歌，抚奏六弦。

没有十字架，没有墓碑，也没有任何铭志，

当我的坟墓已埋没于荒烟野蔓，人们不再把我怀念；

就让人们夷成原野，把土地犁翻，

当我的骨灰还留在人间，就让它化为尘土，覆盖着祖国的良田。

即使您已把我忘记，我也心地坦然，

我将遨游在您的高山和草原，

把优美嘹亮的歌声送到您的耳边。

芳香、光亮、清丽、妙语、歌声和叹息，

都永远是我忠贞本质的表现。

我崇敬的祖国，哀怨中的哀怨，

亲爱的菲律宾同胞，请听我诀别的赠言：

我离开大家、离开亲人和挚爱的华颜，

我去的地方没有奴隶和刽子手，也没有暴君，

那儿不会戕害忠良，那儿是上帝主宰的青天。

永别了！我的父母、兄弟、我的亲眷，

还有我那失去家园的童年侣伴。

感谢吧，我可以摆脱艰辛的生活，歇歇双肩，

永别了！我心爱的异国姑娘，我的伴侣，我的欢乐。

永别了！亲爱的人们，死就是安息，就是长眠。

一八九六年

（凌彰　译）

安德烈斯·博尼法西奥
（一八六三年至一八九七年）

  菲律宾革命家、军事家，菲律宾民族独立运动的发起者及主要领导人之一。他出身贫寒，早年辍学务工，但喜爱读书，阅读了何塞·黎萨等启蒙知识分子在宣传运动中对西班牙殖民统治和天主教会的揭露与抨击，并在思想上深受影响。他一方面将黎萨用西班牙文创作的诗歌和文章翻译成他加禄语，一方面用他加禄语进行文学创作，激励人民奋起反抗。他最为知名的作品包括诗歌《对祖国的爱》《菲律宾最后的请求》、散文《他加禄人应该知道》等，其中诗歌更具文学成就，在诗歌中他对侵略者嫉恶如仇，对祖国和人民无限爱恋，流血牺牲在所不惜。后来他创立了旨在推翻西班牙殖民统治的革命组织"卡蒂普南"，于一八九六年八月二十六日发起了"巴林塔瓦克呼声"，揭竿而起，开展争取民族独立的武装斗争，后来卡蒂普南组织发生内讧，被阿奎纳尔多的军队逮捕并杀害。菲律宾独立之后，追授他为"菲律宾革命之父"。

菲律宾最后的请求

太阳母亲从东方升起
那是他加禄人的愤怒之火，
在苦难和艰辛之中
我们已忍受了三百年。

作为你的子民，风吹雨打时
却得不到任何依靠和扶助；
菲律宾群岛现已团结一心
你再也不配做我们的母亲。

作为母亲，你甚是特别……
用痛楚和残暴来安抚你的子民；
当我们向你祈求帮助时，
你却用更多的困苦作为回报。

你把我们他加禄人紧紧捆起，
就像对动物一样高高吊起，
拳打脚踢，让我们奄奄一息；
母亲啊，难道这就是你的爱？

你判处他加禄人死亡和监禁，
把我们关进监狱、抛尸大海，
用枪杀、用药毒，赶尽杀绝。
母亲啊，难道这就是你的仁慈？

我们默默忍受直至死去，

已是行尸走肉，却仍受折磨，
到最后被抛尸掩埋之际，
我们已是累累白骨。

菲律宾从你这个母亲得到的
只有各种痛苦，别无他物；
你对我们横征暴敛，
你让我们困苦不堪。

你给我们设计各种陷阱，
命令我们卑微地服从，
就当作是对付光照派，
连一丝光明都不给我们。

广阔的大地、散布的房屋，
开阔的原野、奔流的河水，
乃至这群岛上的一草一木，
西班牙神父都要课税。

除此之外，西班牙母亲，
你还有不胜枚举的严刑峻法，
我们再怎样循规蹈矩，
你都能挑出各种毛病。

心肠恶毒、目空一切的母亲啊，
这样下去，我们不再是你的子民，
母亲啊，请你准备好坟墓
将有很多人会要埋葬。

这个世界即将爆发

枪炮声会雷鸣般响起，
血雨腥风将席卷大地
枪林弹雨将笼罩一切。

母亲啊，你背叛了他加禄人，
我们再也不要你的仁慈，
如若压迫子民是你的心愿，
壮然赴死则是我们的天堂。

诀别了母亲，菲律宾与你诀别，
诀别了母亲，困苦的人民与你诀别，
诀别了，诀别了，你这个无情的母亲，
诀别了，就现在，这是我们最后的请求。

一八九六年

格利高里娅·德·耶稣
（一八七五年至一九四三年）

又被称作"奥里昂大姐"，菲律宾政治家、社会活动家、女诗人。她是安德烈斯·博尼法西奥的妻子，投身于卡蒂普南组织和菲律宾民族独立运动，负责保管卡蒂普南的秘密文件和印章，曾任菲律宾临时革命政府的副主席，在菲律宾独立运动中发挥了重要作用。格利高里娅·德·耶稣早年曾受到良好的教育，在社会活动的同时进行文学创作，既抒发情感，又激励革命事业。这迥异于西班牙殖民时代菲律宾社会中女性只从事家务和劳作的传统，体现了女性在当时的解放和自立。她的他加禄语诗作在菲律宾文学史上开创了女性进行本土文学创作的先河。

亲爱的，当你远去

亲爱的，当你远去
我的身心已无处放置；
当回想起你的名字，
血管中的血液就要凝滞。

我的悲伤深重无比
因为你突然撒手而去，
我担心你路途的艰辛，
我担心你身体的安危。

你可能腹中空空，
可能被捆绑束缚；
可能会身染重病
你曾为此向我抱怨。

现在路将走向何方？
我早已身心憔悴，
纵有美食也无法下咽，
举手投足间想的都是你。

有个声音说："忍一忍，
一想到要弃你而去
我怎么能自由自在？
我怎么能享受欢乐？"

夜晚到来，躺下身来，

我闭上惺忪的睡眼，
希望能在梦中与你相会，
但泪水却如泉水般涌出。

早晨来临，缓缓起身，
心痛得手指颤动，
走到窗前向远方眺望，
想看见你去的天涯海角。

眺望之后转过身来，
坐在我们的长桌旁；
想着你曾坐在这里的样子，
我呼吸凝滞、内心坍塌。

我把忧伤留给自己，
从未向同志们诉说；
想到你说"忍一忍，亲爱的"，
我的内心已是千疮百孔。

对于我，你的话语坚贞，
追寻幸福，追求自由；
但当我想起你发生的事，
这一切都停止下来。

当我走进房间里，
准备出行的衣服时；
我低下头，泪水涌出，
身体扭曲，寸步难行。

你忘记这个可怜虫，

她将漂洋过海而去；
离去是苦楚和艰辛的，
幸福和好运终会出现。

我将像烟雾一样离开，
缓缓升起，灰飞烟灭；
亲爱的，记住我的请求，
保守我们忠贞的誓言。

亲爱的，向你道别，
你是我身心之所属；
你是我心神之所往，
亲爱的，向你道别。

我一定会保存好
这沾满泪水的手帕，
哪怕身陷囹圄、最终献身，
我将去生命另一端与你相会。

一八九七年

维多利亚·拉克道等

　　《我们的请求》一诗于一八九九年二月十七日发表在秘密发行的革命报纸《菲律宾先锋报》上，共署有九位作者的名字，分别是：维多利亚·拉克道、费丽芭·卡普鲁安、费丽萨·卡哈多、维多利亚·马乌西、帕特里夏·西马西格、萨瓦多拉·迪马吉巴、多洛蕾斯·卡丁迪、霍诺拉达·迪马乌加以及德奥多达·里瓦纳格。

　　诗歌直指菲美战争中美国侵略军肆意蹂躏、奸污菲律宾妇女的兽行，成为了那个时代菲律宾女性反抗美国殖民侵略的宣言书。作者希望通过此诗，唤起人们对于战争中女性受害者的重视，哭诉菲律宾妇女在美国殖民统治下所受到的残害和侮辱。

我们的请求

同胞们，兄弟姐妹们，
请倾听我们的请求；
请用你们的仁慈和关爱
关注在此书写的女性们。

我们知道美国侵略者
犯下累累兽行和罪孽，
在我们内心留下深深苦痛
几乎要把我们从世间抹去。

同胞们，你们好好想想，
如果每一位女性
都被玷污和侵害，
你们内心还会毫无愤怒？

他们每每闯入民居
四处玷污遇见的女子，
你们难道不觉得他们
在战争中罪恶滔天？

她可能是天使般的妻子，
或是位忠贞圣洁的少女，
但一旦落入他们手中，
她的荣誉便会被玷污。

罹难的女性们在此哭泣

她们落入了恶人之手，
上天你为什么不开眼
纵容罪恶在大地上横行！

你们是我们亲爱的同胞
是战神所造的英勇之士，
无论多么艰险也要和
不赦的恶徒斗争到底！

请怜悯我们的请求
去为我们的荣誉复仇
你们应牵挂我们，因为
是祖国妇女哺育了你们！

你们是母亲心爱的儿子
她给了你第一丝光辉，
她教会你知恩图报
而现在母亲正身处苦难。

因为心爱的母亲
我们才懂得热爱祖国，
是母亲教会了我们
祖国高于一切。

如果我们真的关心她
我们应该听从母亲教诲，
我们的祖国爱我们
所以我们也应该爱她。

亲爱的兄弟姐妹们，

按母亲对我们的教诲，
对祖国的爱植根心中，
在内心中萌发、壮大。

起来，咱们拿起武器，
保卫菲律宾母亲的荣耀，
不让任何侵略者
来奴役我们的子孙。

我们为自由独立而战
直到生命的最后一刻，
宁可满地鲜血和尸体
也决不让他们来奴役。

就算美国佬占领这里
也会不得好死，
我们的子孙会以
我们的牺牲为荣。

起来！起来！不用畏惧，
相信上帝的仁慈，
他是正义之神、守护之神，
更是我们的胜利之神。

那些叛徒和奸细
那些逃跑和破坏者，
你们快改邪归正
不要再卖国求荣。

你们听信了美国人

花言巧语的诱惑，
待到战争结束之时，
你们也会兔死狗烹。

要郑重告诉你们
你们背叛了自己的祖国，
美国佬会看得上这罪行？
你们好好想想吧！

你们已入歧途
赶紧改邪归正；
我们会让你们
得到公正对待。

一八九九年

洛佩·桑托斯
（一八七九年至一九六三年）

　　他加禄语作家和诗人，青年时代曾参加过一八九六年的菲律宾革命。二十世纪初在马尼拉学习法律期间，他受到了社会主义世界观的影响，创办了左派报纸《光明报》。他最著名的作品是出版于一九〇六年的小说《晨曦与日出》，是菲律宾第一部有社会主义倾向的文学作品。同时，他作为一个民族主义者和爱国主义者，曾发起运动，旨在促进菲律宾民族语言的发展，被誉为"菲律宾国语之父"。

　　洛佩·桑托斯的诗作带有典型的菲律宾传统诗歌风格，遵从传统他加禄语诗歌格律，善于用简单明了的意象传达思想，反映了现实主义和批判性的特征。《我是田野》从菲律宾人熟悉的田间生活出发，勾勒出"庇护人（地主）——佃农""城市——农村"两组对立关系，展现出了菲律宾传统的农村社会结构以及不同阶级别样的社会生活，鲜明地体现出作者对于现实性问题的社会生活思考。

我是田野

我不再是世间的处女地，
水牛和臂膀，将我开垦出；
旧时的林地，已清理干净，
以前的草地，全平整如新；
修剪如梳齿，宽宽或窄窄，
田埂排成行，坡面斜如梯，
中间和四周，沟渠四处有，
灌入后蓄积，渠水进又出；
土丘结为界，彼此相连接；
旱季则暴晒，雨季可丰收；
富人得财富，穷人须隐忍，
地主和佃农，总是在斗气。

但面对那个叫庇护人的人，
就像是面对没思想的蠢货；
我是劳苦者的水田和泥塘，
他们陷入地主严苛的债务；
日日夜夜，佃农把爱与希望
所有梦想，全部都寄托于我：
播种时节，水田是欢乐剧场，
收获时节，稻田是真正天堂。

所以人们：莫因你的邻人来自田野，
便鄙夷他，抛到一边，不屑与之为伍；
在田野里，有纯真风俗，有光荣善良，
在城镇里，有粗鄙丑陋，有污浊下流。

伊尔德方索·桑托斯
（一八九七年至一九八四年）

　　早年时他的一首情诗被意外出版并一举成名，从此他走上了诗人的道路，以笔名"东方之光"进行诗歌创作。他曾在菲律宾师范学院学习菲律宾语，之后从事菲律宾国语相关工作。

　　《在海边》是他的一首代表诗作，通过描绘在海边、在田野与爱人约会的场景，歌颂爱情、向往爱情，表述自己对爱情的诠释，充满了浪漫主义情怀。全诗分为四节，每节包含四行诗句，而每两行诗句又合为一长句，于是一个诗节就包含两个长句，构成每个诗节完整的意思。每行诗句又可以分为前、后半句，前半句都是六个音节，后半句则是十二个音节，然后如此反复，在每个诗节中规律重现；每个诗节中的四个后半句全部都押同一种韵，四个诗节又有各自的韵脚。于是通过这样的循环反复，诗歌有着非常规律和优美的韵律与节奏感。

在海边

慢慢地，慢慢地
亲爱的下楼来，我们走吧，
我们要去戏水
平静地去那海边；
洋葱般白嫩的纤足，
象牙般精致的脚趾
玫瑰含苞般的脚跟
不再需要舒适的包裹！

趁着天色尚早，
我们飞速越过，横亘的田垄，
草叶上还挂着
星星的泪水；
我们踮起脚尖
相互追逐，迅疾若风，
却无一丝声响，
直到踏上细密的沙砾……

来到水边，
你畏缩却步，羞涩腼腆，
我拿滩涂上的东西
来劝说你；
那儿有好多诱人的
淡菜、牡蛎和蛤蜊，
难道采一个清早
都不能将篮儿装满？

黄昏将近，

我们回归来处，日光强烈

让纤足受伤

肌肤也好似火烧……

亲爱的，确实如此：

在海边，欢乐的海边，

所有一切，包括心灵

都会被冲蚀，慢慢地，慢慢地……

何塞·科拉松·德·耶稣

（一八九六年至一九三二年）

菲律宾著名爱国诗人，他在美国殖民菲律宾时期，通过创作他加禄语诗歌，表达菲律宾人民对独立和自由的渴望。他出生于马尼拉的一个殖民政府本地官员的家庭，他获得了法学学士学位，但未曾从事过法律工作，而是热衷于创作诗歌，浪漫主义、理想主义、爱国主义是他诗歌的标志色彩和思想情怀。十七岁时，他发表了自己的第一首诗《渴望》，之后在他加禄语报纸上撰写专栏，嘲讽美国人在菲律宾的殖民统治，支持菲律宾人民争取自治和独立的事业。他在专栏上先后发表了四千多首诗歌，也正是从那时起，他开始使用笔名 Huseng Batute。

他最广为人知的诗歌是《我的祖国》，该诗作为歌词被谱曲并成为同名的爱国歌曲，是当代菲律宾人心目中的"第二国歌"。该诗最初在十九世纪末菲律宾独立革命期间由革命将领何塞·阿莱汉德罗用西班牙语写成，科拉松将它翻译并改写成他加禄语诗歌。《爱》和《无论在何方》都以爱情为主题，但具体的场景和人物并不明确，只是浪漫主义式的对爱之感情的渲染和畅想，一般认为，诗中所说的"爱"正是对祖国的爱，诗人笔下所爱的对象正是他的祖国。

我的祖国 [1]

我的祖国，菲律宾，
黄金与鲜花的土地。
它到处都充满着爱，
赐予我们无限美好。
正因为她优雅美丽，
外族对她垂涎三尺，
我的祖国，你被侵占，
饱受着深重的苦难！

鸟儿尚可自由飞翔，
若被囚禁必会哀鸣。
更何况伟大的祖国，
难道不想挣脱枷锁？
亲爱的祖国菲律宾，
泪水和苦难的家园，
我毕生夙愿，看见
你终获真正的自由！

二十世纪二十年代

---

1 本译文参考了菲律宾知名华人学者吴文焕先生的译文："我的祖国菲律滨，
金与花的土地。到处充满着爱，赐予我们无限美好。正因为她的优美，外
族便对她垂涎，祖国你被侵占，饱受了苦难！鸟儿尚且有飞翔自由，把她
关起来她将哀啼。更何况是美丽的祖国，难道不喜欢得到自由？亲爱的祖
国菲律滨，泪和苦难的家园，我渴望见到，她得到真正自由！"（菲律宾华
人习惯称该国为"菲律滨"。）

爱

一部白书，以泪写成！

所以哪怕一行字，你都读不到。
自年少始，我们去记忆和冥思，
直到老去，鬓发斑白，仍未参透。

好好想想爱吧，思索之时，它在心上；
当用心探寻，它复归意识，不可捉摸。
你耗费许久，终于接近它……它却消逝，
远它而去，它也扼腕哀叹，深深悲伤。

浓烈之爱，是厌倦长久的等待，
好似闪电，在黑暗的面颊留痕。
尽全力的激吻，仅在一时之间，
河流汹涌泛滥，仅是一时一事。

怯懦的爱，平静涟漪毫无波澜，
无飞瀑，无洪水，无泪水，无心动。
勇敢的爱，可以让心随波漂动
尊严、财富、智慧，全都沦入情爱。

青涩之爱，如若听人谆谆教诲，
未陷入爱的年纪，光明犹可见，
一旦爱火点燃，时间皆可抛弃，
那就是爱，纯粹的感情与心灵！

若是你因为不幸、危险而却步
思绪将变清醒透亮，完整如初。
你若还在害怕，便是未陷入爱，
你若陷入其中，坟墓也是天堂。

爱是眼光透亮，爱会毫不盲目；
明智的爱，能让伤口开出鲜花。
爱是贪婪自私，拒绝与人共享；
要么一无所有，要么就是全部！

"没法给你写信，妈妈看得太紧！"
你虽然盼望，但其实未得到爱慕！
但若是书写，哪怕是在墓碑之上，
那说明已爱上你，甚于她的生命！

你们这些渴求着爱的青年人们，
你们这些在灯火边飞旋的蝴蝶，
如若陷入爱情，便是在探索险境，
小心自己翅膀，被爱火点燃烧尽。

一九二九年

无论在何方

如果在你漫步的小路边
低垂的草叶上白花生长
当你走过，突然向它而去，
叶子，仿佛害羞地看着你——
亲爱的，它便是我。

如果有只飞鸟，每当黄昏
飞近你的身旁，凝望、注视；
如果它亲密地飞进你的房间
在黑夜里向你讴歌、将你唱颂——
亲爱的，那便是我。

如果清晨你刚刚醒来之际，
一只蝴蝶翩翩地飞入眼帘，
落在你打算浇灌的盆栽里，
它的翅膀因为寒夜而折损——
亲爱的，它便是我。

如果你正祈祷，眼中含泪
看着耶稣基督，泪如泉涌，
你不因扼腕而拂拭泪眼，
任由自己在悲伤中黯然——
亲爱的，那便是我。

但若你还希望见到我，
我仍真真切切爱着你；

并不远了，你正在走向
古老的坟墓，将在那里——
咱们终会相见。

阿马多·赫南德斯

（一九〇三年至一九七〇年）

　　全名阿马多·维拉·赫南德斯，菲律宾作家、报人和工人运动领袖。二战期间，他参加了抗日抵抗运动，担任游击队的情报员，受到了左翼思想的影响。菲律宾独立之后，他一边从事新闻事业，一边投身工运，组建了全国最大的工人运动组织"菲律宾劳工组织大会"并担任主席，团结各工运组织，领导了多次大罢工。赫南德斯于一九五一年被捕入狱，在狱中创作了大量文学作品，包括诗歌《一尺天空》《自由国度》《囚牢》《罢工》等，以及两部小说《鳄鱼的眼泪》《捕食的鸟儿》。五年之后他被保释出狱，最终被政府赦免。他的文学创作根据的是自己参加抗日游击队、领导工人运动以及作为政治犯坐牢的种种经历，深刻地展现出那个时代左翼知识分子爱国进步、追求公平正义和民主自由的思想与情怀。

　　《囚牢》和《罢工》都是与工运主题有关的诗歌，诗作中洋溢着炙热的革命主义热情，对于星星之火可以燎原的期待。在形式上《罢工》的前半部诗句采用阶梯式的造型，表示劳苦大众不断前行的脚步。

囚　牢

一、囚牢

我已如此生活多年：
彻底与世隔绝
周围只有四面石墙……
冬天冷若冰窖，夏天热如烤炉。

呼吸不到新鲜空气
只能闻着浓重的汽油味，
我被死神日夜追赶着，
额上的皱纹是他留下的痕迹。

因为一直身处无边的黑暗中，
白天与黑夜早已融为一体；
看守整天沉默地看着我
眼光像尖刀一样骇人。

湛蓝的天空，红色的大地
置身棺材里的我却看不见，
大声呼喊也不会有回应
只有自己的声音在回荡。

面对恐惧、苦难和背叛
但我一刻都未曾想放弃。
天神一直听着我的祈祷
并佑护着我的至爱。

我的思念时刻伴随着你，
它不会被束缚和囚禁：
我把玫瑰的芳香赠予你，
星光点点是我给你的亲吻。

黑夜之后是美丽的早晨，
哪里的道路会没有尽头？
看看这无边的黑暗，
不久，就将是繁星满天！

暴风雨后是晴天，
愚公也可以移山；
只要我们心怀信仰
有信念的人终将走向辉煌。

二、信念

我看着天空
血红的太阳冉冉升起，
每个早晨都是一个新的开始
赐予每个人全新的一天。

我听着风儿的声音
快乐而温柔，
吹拂过田野、溪流和花园，
唱着自由的歌来到我的牢笼外。

因为有你，亲爱的，
你是我唯一快乐，

有了你的爱——我
不弯腰屈服、不怕世间的惩罚。

啊！只要这人世间
还有生命和爱
心中还有自由和信念，
这些监牢就无法囚禁住我。

三、守护

黑暗的雨夜，
骇人的狂风呼啸着
这是风暴来临的征兆。

黑暗而寒冷，
海浪直冲天际
只有闪电是唯一的光亮。

饿殍满地，
母亲在孩子尸体上哭泣
疯狂的世界却时哭时笑。

一切都在沸腾
就连风中都带着血腥味
恐惧笼罩了一切——子弹！

上天的誓言崩塌了
人们丝毫不长记性，
离开医院，返回战场。

恐惧、苦难、病痛
我丝毫都没有在意：
我被活生生埋葬在这囚牢中。

四、光明

我从囚牢中看见一只小鸟，
它站在枝头上放声歌唱；
如此般的自由，我却无法拥有，
欢快的歌声是对我巨大的讽刺。

风儿敲打着囚牢的铁窗
讽刺我说，这是我的囚牢；
它还带来掌权者们的指责
可怜的我再无法重获自由。

我远远望着可怜的爱人，
伤心地挥手却无法走近；
她心痛欲绝黯然泪下，
悲伤里有我含泪的吻。

亲爱的，鸟儿风儿自由飞翔，
我的信念和理想不会被压倒，
美丽的早晨终会阳光四射，
愤怒的人民终将发出呐喊。

五、胜利

我的理想之光时明时暗
漫漫长夜的黑暗不断煎熬

但是我会守护好这一丝光明；

虽然我已身处重重苦难

但理想的呼声仍在回荡；

身陷囹圄但手中的笔未曾笨拙

写下的每个字都是子弹和刀锋。

是非成败，自有人说

囚牢并非一切的终点；

注定的成功未必已然实现

但已足以驱开无边的黑暗；

这首讲述自由、正义、真理的诗

若能让禁锢多日的祖国倾听

纵使壮然赴死，我也甘心。

一九五二年

罢 工

一

农田里
干活的
都停下了。

　　工厂里
　　的机器
　　都停机了。

　　　　港口和
　　　　市场
　　　　空空荡荡。

　　　　　疾苦生活
　　　　　迫近了
　　　　　每一个人。

资本和
商贸
萎靡不振。

　　所有的人
　　都在高喊
　　罢工！罢工！

每个劳动者
自食其力的人
都罢工了。

怯懦的心
低垂的头
都抬了起来。

稍犯秋毫
人们都会
奋起反抗。

为什么
种田的人
没有饭吃？

烤出喷香
乳猪的人
快要饿死。

制出华美
服装的人
没有衣穿。

印制钞票
的工人
却要乞讨。

建造圣坛
的工人
无家可归。

创造财富
的劳动者们
却债务缠身。

二

为什么？为什么
正义的力量
被镇压屈服。

发号施令者
就算是上帝
也不再盲从。

颠倒黑白者
就算是法律
也不会遵守。

啊！劳动者
苦难的人们
好可怜啊！

总是被抓捕
总是被奴役
总是被捆绑

还有没有比
武器更好的
解决办法呢？

实际上
罢工无法
获得成功。

危险、苦难
疾病、饿殍
笼罩着四周。

因为烈火
在酝酿着
淬火磨砺。

因为锋利
刀锋正在
磨刀霍霍。

身陷饿殍
深受愚弄的人
将站起身来。

遭遇死亡
深受欺骗的人
将揭竿而起。

劳动者们
所有的诅咒
愤怒和泪水。

强权恶霸

的末日

就要到来。

新的法律

新的命运

终将降临！

但是，一旦有了活计
人要像牲畜一般干
一旦能发点儿工钱
就像是莫大的施舍，
那些更加卑微的人
干活已是累得半死
却被饿得奄奄一息，
那些深受奴役的人
劳累不堪做着苦工，
那些四处乞讨的人
等吝啬自私的主子
施舍点腐烂的食物，
那些肥头大耳的人
他们只管饱食终日
一点儿汗都不用流，
那些对上帝、对社会
毫无敬畏心的坏人，
却能肆意歪曲法律
甚至还当起了主人，
罢工即将要到来了
愤怒即将要爆发了，
罢工将会是无情的，

暴雨、火焰、闪电、雷鸣，

诉诸正义、奋起抗争，

就像是挥起了利剑，

定要在此一决胜负

直到最终见出分晓，

已蒙蔽许久的正义

终要得到彻底伸张，

直到劳动者的耶稣

离开钉他的十字架

重获自由，重见光明。

阿莱汉得罗·阿巴迪利亚
（一九〇六年至一九六九年）

　　根据姓名缩写又被称作"阿加"（AGA），是菲律宾著名诗人、作家。他于一九三五年创立了"文学社"，并主编刊物《文学》。他被誉为菲律宾现代诗歌之父，他反对传统诗歌过分强调浪漫主义的倾向，以及对韵律和格律的过度强调，创作更为自由奔放、体现人性解放的新诗。

　　《我是世界》不仅是阿巴迪利亚本人的代表作，也是菲律宾现代诗的开山之作和代表作，它被誉为是第一首放弃传统诗体的菲律宾诗歌作品。诗歌的主题是"我"，诗人借诗句表达了对人的个体的自我认同、自我与世界的关系等问题的理解。

我是世界

一

我
是世界

我
是诗

我
是世界
是诗

我
是诗的
世界
是世界
的诗

我
是不朽的我
是永生的我
是世界的诗

二

我

是诗的世界
我
是世界的诗

我
是自由的我
忠于自己
在我的
诗的世界

我
是世界
的诗

我
是诗的
世界
我

三

我
是自由
的精神

我
是鲜活的
图画

我

是无尽的
生命

我
是精神
是图画
是生命

精神与情感
图像和画
生命的
诗歌
我

四

我
是诗中
的世界

我
是这世界的
诗

我
是世界

我
是诗

世界

诗

我

一九四〇年

诗歌之声

诗歌是艺术。

它们同在一个世界：
灵魂的世界。

它们同在一个王国：
那里充满真实和天真的美丽
它们自己——
可以穿透黑暗的眼睛
穿过充满神秘的黑暗
直到黑暗的至深之处。

它们同在一个王国：
那里充满真实和无限的美丽
那里有人们心中神灵的力量。

诗歌是艺术：它可以
重返原初的自己
重返酝酿它的地方
重返直觉之所在
重返世界之巅
回归神灵王国。

一九五五年

维基里奥·阿尔马里奥
（一九四四年至今）

　　常以笔名"Rio Alma"闻名，意为"阿尔马之河"。是菲律宾当代最负盛名的作家、诗人、文学批评家，菲律宾大学教授。他一九八八年获东南亚文学奖，被授予"国家艺术家"称号，并担任国语委员会主席和国家文化和艺术委员会主席等。在诗歌创作上，阿尔马里奥既重塑了菲律宾传统诗歌的创作，从菲律宾英雄史诗、古典韵律诗中取材，让菲律宾传统诗歌在当代又放异彩，成为了当代"巴拉格塔斯主义"——菲律宾传统诗歌的代表人之一。同时，阿尔马里奥又创作了大量新诗，娴熟地使用讽刺、譬喻、象征等修辞手法，针砭时弊、反省社会问题，反映劳工阶层、农民阶层的疾苦，控诉为富不仁，追求社会公正和自由平等。他的进步思想和优秀作品为他赢得了无数美誉和殊荣。他是一位高产的作家，出版了十二本诗集，编撰了十本文学批评集和文集。

应该倾听人民的呼声

应该倾听人民的呼声。

从摇篮里的儿歌和船歌中
从各地的战歌和情歌中
从燕雀鹭鸥的振翅声中
从风儿和呼吸的梦幻中
从昏暗的晨曦和骤雨中
从粗陋的茅草和土块中。

应该倾听人民的呼声。

从苍白幻境后新生儿的哭声中
从情侣们彼此流泪的希望中
从褐色皮肤种族的灵魂中
他们在历史上被压制、征服
从渴求帮助的褐色嘴唇边
他们需要太阳和大自然的恩赐。

应该倾听人民的呼声。

从白发苍苍农民的清风中
吹扬出稻谷来解决饥荒
从弯腰弓背干活的身影中
耕种时沉浸在细雨的稻田中
收获时挑出谷壳米糠
打谷时痛苦地敲打稻秆

从五月初雨乍到的记忆中
孩子们欢快地跳房子、玩弹弓
田埂上遍是画眉草和白茅草
清风带来米糕、米饼的清香
如若死在夏季，可埋葬在
龟裂的地缝、干燥的柴火中。

应该倾听人民的呼声。

从简陋的棚屋、破旧的茅屋中，
从水道、沟渠、小巷、村庄和田野中，
从衣衫褴褛、重病缠身者的心胸中，
从农户看着桌上的甘蔗酒和炸鱼干
龇着牙爽朗的大笑声中，
从翻弄苍蝇乱飞的垃圾堆的双手中
——那是满怀希望翻出排骨和剩饭的和弦。

应该倾听人民的呼声。

从水沟和工厂里令人窒息、烟气刺鼻的喘息声中，
从隧道、卡车、火车、吉普、大巴、电梯和机器里
从仓库、厨房、下水道、厕所、街巷里那一坨坨
沥青、汗水、汗臭、炭灰、油渍、尘土、血液和呕吐的混合物中，
从阿班尼达、圣克鲁斯、奎亚波、迪维索亚
的街角路边乞讨者伸出的一双双残疾的手中
从孩子们之中，他们纵身跃入黑暗深处
随之消逝，毫无希望可言。

应该倾听人民的呼声。

从那些给五角大楼、华尔街、圣洛伦索、福布斯

手提肩扛、任劳任怨干活的人中，

从那些在埃斯科达、马卡蒂大别墅里

在俄米达、海滨、阿尔巴、希尔顿大酒店里

逐步凋谢和失去希望的人中，

从被酋长、种植园主、政客、高利贷者、当铺老板

的步枪、皮鞭、警棍和打手迫害的受害者中，

从贫民区、慈善房、岛屿和村庄的可怜人中，

从受到黑衫党、梭鱼帮、萨卡萨卡、伊拉卡、铃木帮

的酒鬼醉汉、私人武装和敲诈勒索所侵害的人中。

应该倾听人民的呼声。

应该倾听揭竿而起的受奴役和压迫的人。

应该打破将思想和精神束缚已久的锁链。

伐木工、屠夫、搬运工、司机和职员

种植园工人、渔夫、农夫、工人

和这世间所有的劳动者们，

大家团结一致，挥起愤怒的双拳。

在色厉内荏、欺世盗名的压迫者的灰烬上

在暗无天日、肮脏不堪的过去的灰烬上，

终将建立起

繁荣和光明的新世界。

一九七一年五月一日，国际劳动节

何塞·拉卡巴
（一九四五年至今）

全名何塞·玛利亚·弗洛莱斯·拉卡巴，常被称为贝特·拉卡巴（Pete Lacaba），是菲律宾电影编剧、诗人、剧作家和新闻记者。在马科斯军管独裁统治期间，他积极投身政治运动，曾以笔名鲁本·奎瓦斯（Ruben Cuevas）发表了诗歌《解放了的普罗米修斯》。他发表了诗集《胡安德拉克苏斯的神奇冒险》（一九七九年）、《在矛盾的世界里》（一九九一年）、《苦闷之时》（一九九一年）以及纪实报道文集《躁动的白天、愤怒的黑夜》（一九八二年），他写的电影剧本也以劳苦大众的贫困生活和遭受的社会不公为主题。在拉卡巴的诗歌、新闻报道和电影剧本里，拉卡巴同情底层人民的苦难和不公正待遇，不懈地追求社会公正和民主。

《圣约瑟的赞美诗》是拉卡巴的代表作，采用了菲律宾传统的"巴松"赞美诗体裁创作而成。巴松赞美诗是菲律宾传统的宗教文学体裁，讲述的是耶稣基督本人的生平以及受难的经历。本诗在格律上完美地模仿了巴松赞美诗的常见样式，即每行八音节、每诗节五行。在内容上，本诗通篇采用讽刺、嘲弄、愚弄的语调，借用的是耶稣赞美诗常见的生平情节——

圣母玛利亚童贞受孕、丈夫圣约瑟茫然无措却又忍气吞声，以此来影射当时菲律宾社会和菲律宾人民处在马科斯的军管独裁统治之下，民主被压抑，权利被剥夺，人民正在被暴政所强暴。诗中，诗人把自己比作木匠的圣约瑟，而用上帝和天使的形象来影射马科斯及其同党，在辛酸、反讽的口吻之中，表达自己对于强权统治的愤懑不满。

重压之下

玛丽苔丝被绑架了
是国会议员的

   儿子干的，
那是月圆之时
星光闪烁
像萤火虫一样。

玛丽苔丝被带到

   诺瓦利切，
风儿吹拂
芦苇摇曳
鸣蝉们

   叫个不停。

四个彪形大汉
紧跟着
国会议员的

   儿子，
开着他的新款野马车
载着玛丽苔丝就像是

   美丽的苏珊罗斯[1]。

四个彪形大汉
扒下了玛丽苔丝的

---

1 苏珊罗斯：菲律宾电影演员，外表靓丽美艳。

漂亮套装

那是位同性恋为她做的，

马尼拉震动了

孩子们

在大使馆前游行示威。

四个彪形大汉

扒下了玛丽苔丝的内裤

扯出了她的卫生巾

催泪瓦斯弹

被打向桑巴洛克大街

苏珊罗斯还在电视上

代言力士香皂。

四个彪形大汉

他们和

国会议员的

儿子

在芦苇荡中，

他们五个把玛丽苔丝

压在了身下。

他们五个家伙

把自己的兽欲发泄

在这个流血的

少女身上

事后点了支高级香烟

去烫玛丽苔丝的

阴毛。

四个彪形大汉
紧跟着
国会议员的
　　　　儿子，
开着他的新款野马车
载着玛丽苔丝就像是
　　　　美女贝拉弗洛莱斯。

最后玛丽苔丝被
国会议员的
　　　　儿子放了
她的男友酩酊大醉
报纸报道满是调笑
警察们以此来自慰。

国会议员正要参加
即将到来的大选。
我们不要忘了他。

　　　　　　　一九七〇年至一九七二年

圣约瑟的赞美诗

他在苦思冥想
童贞女之受孕
无论向谁请教
照旧不知所措
内心疑云密布。

——赞美诗

凿子、刨子还有锤子，
我低声向你们倾诉
这是我苦涩的秘密：
我还未曾采取行动
未婚妻子便已怀孕。

天使告诉我说，无妨
此事无需令我蒙羞，
我更没有理由哭泣；
说我还应高高兴兴
都是上帝干的好事。

锤子、刨子还有凿子，
你们能够理解木匠
的怨气吗？只能忍着。
我们是弱小的凡人，
谁能敢去违抗天意。

贝尼格诺·阿基诺
（一九三二年至一九八三年）

　　全名小贝尼格诺·西蒙·阿基诺，常被人们称为尼诺伊，是菲律宾政治家、著名民主斗士。他是菲律宾自由党的领袖，时任菲律宾总统马科斯的主要政敌。他出生于打拉省的名门望族，其祖父和父亲都是老牌政治家，在菲律宾政界人脉广泛。二十世纪五十年代阿基诺在雅典耀大学学习时，他开始了新闻生涯，在《马尼拉时报》担任记者，同时参与政治活动并得到了嘉奖。阿基诺二十二岁当上了自己家乡康塞普西翁市市长，之后历任打拉省省长、自由党秘书长，一九六七年当选为参议员。一九七二年马科斯军管独裁统治之下，他被捕入狱，并被判死刑，直到一九八〇年假释出狱赴美国就医，一九八三年欲回国参加政治活动，八月二十一日在马尼拉国际机场下飞机时被当场枪杀。他的死在菲律宾激起轩然大波，最终通过一九八六年的第一次人民力量运动，菲律宾人民走上街头推翻了马科斯独裁统治。他被杀的马尼拉国际机场亦被更名为"尼诺伊·阿基诺国际机场"，以纪念他对于当代菲律宾社会民主化的贡献。

　　二十世纪七十年代身陷囹圄的时候，他创作了《你不能停歇》这首歌颂自由、爱国爱民、充满乐观精神的诗歌。

你不能停歇

我们的爱的世界中
母亲总是占据首位
父亲也许要打个问号
母亲一定不可或缺。

父亲的爱是些许的幸福
母亲的爱是怀胎的九月
与父亲的关系是社会属性
与母亲的关系是生物属性。

这是母亲命中注定的抗争
带领家庭经历生活的种种
她是指出光明的告诫之源
她是赋予精神力量的支柱。

让我为她唱起母爱之歌
她经历分娩之痛让我降生
她饱含泪水轻抚我的伤口
悉心安慰高烧惊厥的孩童。

舒适生活时很容易遗忘
是谁给了我避难和庇护
九月到了才会想起来后悔。

我在她的泪水中接受洗礼
她带领、鼓励我战胜恐惧

在我们动荡不安的年岁中
她是扶助我、指引我的圣贤！

她教育我热爱上帝和真理
热爱自己的祖国
就算我们如草芥般消逝
也永不向死神退缩后退。

我把脚伸出囚室的破床
听见她对我说要鼓起勇气
很少有人能有机会为人民服务
只有爱国者才能拥有如此恩赐。

夜晚感觉到自己内心在颤抖
因为付出的代价是失去自由
但是无论这夜晚有多么黑暗
光明终将到来，正义终将获胜！

我像笼中鸟一样无援无助
被炙热的牢笼折磨、囚禁
等待着即将到来的伟大事件
但可能挽歌响起也未必等到。

友善的朋友被剥夺
渴望获知潜流涌动的消息
厌烦而空虚，祈祷、思考
和等待无力地消退了
命运将每天变得千篇一律
苦役成为了生活的新节奏
挤压、窒息着我的精神

这是对于爱国者的考验。

我们是无辜的，却被控告
证人被警告，并沮丧地失败了
满脸刀疤的挑衅者
却要摘取遥不可及的明星

我们"勇敢"干练的领导在哪呢？
他们把忠诚和信念献给了独裁者
没有英雄的国家是悲惨的
更悲惨的是这国家正需要英雄。

时刻被诱惑出卖自己信念
与心爱的人分离是可怜的
明理人的建议：屈服吧
苟活的老鼠都比死狮子强。

自由已死，只剩下一片寂静
"有钱人很开心，经济很好
和平已重建，这般理想的构建下
谁会在乎什么自由和解放？"

这是少数人愚蠢而自私的想法
他们被恐惧麻木，失去了本能
需要告诉和教育这些人
人类神圣的自由不可以出卖。

被恐惧所限，被困苦所扰
生活艰辛，物价高涨
人民已经屈服于奴役

在无赖的鞭笞下排队前行。

在寂静的国度，所有都被噤声
软弱者被威吓，反抗者被戕灭
暴君赢了，赤裸的强权即是正义
历史循环却已开始：暴政将到尽头。

很抱歉，妈妈，你不能停歇
强权和暴君是我们憎恶的公敌
斗争才刚刚开始，战争刚拉开序幕
我们不能去充当暴君的爪牙。

我需要你的力量，你不能停歇
我要继续战斗，永不停息地抗争
我需要你的力量让我温暖和强壮
用你手拂我眉，靠你肩让我哭泣。

　　你亲爱的，
　　尼诺伊。

二十世纪七十年代

何塞·玛利亚·西森

（一九三九年至今）

　　全名何塞·玛利亚·堪拉斯·西森，菲律宾共产党（"新菲共"）创始人和政治家，诗人和作家。西森出生于南伊洛哥省卡布高镇的一个地主家庭，他在马尼拉雅典耀大学和菲律宾大学求学，并成为了大学文学教师。他从青少年时代就接触到了共产主义思想，并积极投身社会政治活动，参加了菲律宾共产党（"老菲共"），建立了爱国青年团，并于一九六八年重建了菲律宾共产党，即主张马列主义和毛泽东思想的"新菲共"，并成立了革命武装"新人民军"。在党内，他化名阿马多·格雷罗，一九七一年发表了纲领性著作《菲律宾社会和革命》。马科斯军管独裁期间，他被捕入狱九年，他最小的女儿亦是在监狱中出生。西森在狱中写了很多诗歌，一九八六年出狱后结集《监狱和其他》并发表，随后作为菲律宾的代表获得了当年的东南亚文学奖。出狱后他便流亡荷兰，并和其他菲共领导人一起坚持斗争，批评菲律宾社会的不公。西森先后出版了多部著作，系统阐释了他的革命思想，抨击了菲律宾社会和人民所遭受的苦难，阐释了菲律宾人民走向未来的道路；他的诗歌作品文学价值很高，用现代诗优美而深刻的笔调，表述了坚贞不屈的斗争精神和浪漫乐观的思乡情怀。

致贾思姆，我狱中的孩子

阳光被遮挡住了，
光斑落在母亲的脸上，
你从出生之时起
就已身在囚牢。

你自由地从一个囚牢
走到另一个囚牢
那些都是魔兽掌控的坟墓
每个新生命都会被扼杀。

绿地、溪流、清新的风儿
怒放的花儿、啼鸣的鸟儿
太阳、月亮、满天星辰
全都被从你生命中剥离。

在这囚牢之中你只有
白昼里让人窒息的闷热
扑面而来的尘土和臭气
夜晚里深入骨髓的寒凉。

你是一个囚徒的孩子
所以你须享有囚徒的一生
因为暴君对你的怜悯
是用万千种残酷来伺候你。

但我们的欢乐却无边无际

我们的爱聚集在囚室之中
这些铁壁铜墙不会挡住
窗外那些对我们的关怀。

就算你能走出这个囚牢
仍是进了人世间更大的囚牢
人民必须奋起斗争
去争取真正的自由。

生命就是一连串的斗争
去反抗那些压迫者们
等你长大了，就会知道
人生来自由。

到那一天你会感到自豪
因为你生在这囚牢之中
生长在卓绝的斗争中
所以我们叫你贾思姆。

从母亲的胸怀中
挣脱出来，走向自由
用尽全力，满怀勇气
推翻这人世间的囚牢。

一九八二年二月八日

你是我的妻子和同志

你是我的妻子和同志
血腥的敌人虽千方百计
残忍地把我们分割开来
但我们依然彼此照顾。

暴君的打算如此邪恶
他用酷刑和死亡威胁
耗费我们的青春年华
想让我们背叛自己的灵魂。

他的爪牙们兴高采烈看着
我们在骇人的囚室中受苦
他们其实仅仅是篡位者
呼来喝去的走狗而已。

但就算我们被迫分开
其中一人也是将自己
献给高尚的革命事业
将持续不断斗争下去。

王座上的暴君戕害民众
他终有一天会走向灭亡
这一天的种子已经埋下
未来的道路已经明晰。

我们度过充实的一生

年纪轻轻便已扬名天下
我们还有很多要去为
蓬勃兴起的革命而服务。

为了至高无上的人民利益
苦难和死亡我们毫无畏惧
人民大众正等着我们声讨
敌人的那些诽谤和阴谋。

虽然我们被封住了嘴
但熊熊火舌彰显着正义
无需再去立其他遗言
孩子终将知晓这一切。

纵然我们思念心爱的孩子
我们的精神定会指引他们
我们永远是队伍中的一员
超越现实的束缚直到永远。

一九七八年三月十日

乔伊·巴里奥斯
（一九六二年至今）

全名是玛利亚·约瑟芬·巴里奥斯，是菲律宾女诗人、社会活动家、剧作家、演员、翻译家和教师。她在菲律宾大学获得文学博士学位，之后在菲律宾大学任教，并参与菲大文学创作中心，其间她荣获了包括巴兰卡文学奖在内的多项大奖。在马科斯实行军管独裁统治期间，她投身街头社会运动，是知名的民主活动家。之后她赴国外讲学，并在美国加州大学执教。她的诗歌堪称当代菲律宾文学中女性诗歌文学的代表，站在女性的视角上，探讨性别平等、尊重女性和社会正义，代表了当代菲律宾女性对于自由、平等、解放的追求。因此，她被誉为"菲律宾文学史上最重要的四位女诗人之一"。

消灭词语

消灭每一个
歧视性别的词语：
妓女、骚货、小蜜、
贱人、荡妇、
婊子养的。

标明每一个词语
的地点、日期和时间，
它们在所有时刻、场合
都要掠去我们的尊严。
让我们拿起武器，
用刀戳烂这些词语
它们奸淫我们的灵魂，
用枪击碎这些词语
它们让我们的内心
破碎。

消灭这些词语
在每天的阳光下，
在所有人的面前。

这并非是要报复
而是在维护正义。
因为说出这些词语
就是在进行犯罪
现在把它们消灭干净。

一九九〇年

施华谨
（一九五五年至今）

　　当代知名的菲律宾华人翻译家和诗人，作为当代菲华文学的代表，他多年来致力于菲文文学创作，并大量翻译中、菲两国文学，推动菲律宾华人华裔族群与菲律宾主体社会的融合。他曾翻译了白刃的长篇小说《南洋漂流记》以及《巴金精选短篇小说集》等，出版了十八本译著和作品，还翻译了多种华文教材用于菲律宾的华文教育。先后荣获天主教大众媒体奖、何塞·黎萨文学和新闻杰出奖、巴拉格塔斯诗人奖。

因为你是华裔菲人 [1]

你是华夏巨龙的后裔，
也是千岛沙利鸡 [2] 的子孙。
因为你是华裔菲人，
你确实是天之骄子。

你有神州王朝故事催眠，
也有酋长 [3] 传奇神话伴睡。
因为你是华裔菲人，
你确实是幸运无限。

你有笑口常开的佛祖保佑，
又有伟大的巴哈拉 [4] 神引导。
因为你是华裔菲人，
你确实是得天独厚。

你以杜甫、李白为师，
又与科拉松和阿马多 [5] 为伴。

1　本译文原为菲律宾华人蔡健英（爱滨）所译，原译文较多采用了菲律宾华人习惯的用法和称谓，译者参考原译文后略作调整和修改，以符合一般读者的习惯。

2　沙利鸡：菲律宾南部棉兰老岛少数民族神话中的动物，其姿态挺拔、形象伟岸，为菲律宾本土民族的象征。

3　酋长：指的是西班牙在菲律宾群岛建立殖民统治之前的本地部落和部落联盟的首领。

4　巴哈拉：又译作巴特哈拉，是菲律宾主体民族他加禄人神话中的创世神灵和至尊神灵。

5　科拉松即何塞·科拉松·德·耶稣，阿马多即阿马多·赫南德斯，都是菲律宾现代著名的爱国诗人。

因为你是华裔菲人，
你的世界洋溢着书香诗意。

你陶醉于神州大地精美的瓷器，
又迷恋于东方明珠坚糙的陶器。
因为你是华裔菲人，
你的世界浸透着幽美的艺术。

你酷爱罗汉斋和叉烧包，
又垂涎鱼酱杂菜和卤肉。
因为你是华裔菲人，
你的世界弥漫着芬芳美食。

一九九五年

麦克·科罗萨

（一九六九年至今）

现任马尼拉雅典耀大学菲律宾语系教师，一直致力于诗歌、散文和儿童故事的创作。二〇〇七年获得了东南亚文学奖。

《断脚》于一九九一年获得菲律宾国家级文学奖巴兰卡文学奖（诗歌类）的提名。该诗具有新诗风格的鲜明的形式主义特色，诗行的排列状如一只被砍断的脚掌，惟妙惟肖，甚至最后一行使用结尾的双引号来表示脚趾，译作在形式上亦保持了原样。同时，它也继承了菲律宾传统诗歌的现实主义传统，是一首具有强烈现实主义色彩的诗歌，在其中展现了菲律宾当代社会的贫困、暴力等沉重的现实问题。

断　脚

有一只右脚

　　　　　　　　断的

在废弃的
垃圾山上
穿只耐克鞋。

拾荒者
把它捡起。
上面滴着
血。

他摇摇头
无奈喃喃道：
"好遗憾啊，还
缺另一只才能凑成一双呢。"

马拉瑙人英雄史诗选篇

　　《达冉根》是菲律宾南部棉兰老岛马拉瑙民族的英雄史诗，它历史悠久，长期以来在马拉瑙人中口耳相传，二〇〇五年联合国教科文组织将它作为东南亚地区口头传统的杰出代表，列入《人类口头和非物质遗产代表作名录》，即"世界非物质遗产"。

　　史诗讲的是马拉瑙民族祖先、英雄班杜干及其子孙的光辉历史，经历千难万险创建了伟大业绩和婚姻传奇。至今已发现并记录下来的共有十七部，合计七万二千多行，可分为二十五章，要花八天时间才能唱完。

　　史诗借用象征、譬喻、讽刺等文学手法，探讨了生死、爱情、政治和美等人类文化的永恒主题。同时也作为马拉瑙丰富的文化传统和地方性知识的载体，演绎马拉瑙民族的宇宙观、精神信仰、法律规范、社会准则、习俗传统、美学观念和社会价值观。

达冉根——班杜干死于海边的山脚下 [1]

在美丽的布巴兰，国王正忧心忡忡

他心神不宁地走到河口边

听见有人正在独木舟上说话

国王便走上前去看个究竟

原来正在谈论伟大的王子班杜干

"他再也无法忘却那巴巴拉伊阿诺南的女子"

听到这里，国王大步向前

登上了独木舟，在垫子上坐了下来

眼睛紧盯着船夫甘巴约兰

10　船夫说："国王陛下，请坐到我身边来。"

国王便挪到船夫甘巴约兰身旁说：

"谢谢你，我不在乎你要多少槟榔

但今天我诚心诚意地向你询问

请告诉我你所听到的那些流言

关于我的弟弟班杜干王子的流言

他是如何在外面向女子们求爱。"

美丽的布巴兰的国王话音刚落

甘巴约兰四下看了看说道：

"我的主人啊，那是在昨天下午

20　我们在岸边航行，见到了班杜干王子

他正和巴巴拉伊阿诺南的公主在一起

他们俩一起走到水边

1　本诗选本着尊重原文的原则，在标点符号的使用中，依据原文版式和标点标记了中译文的标点符号。为便于查阅原文，每十行标记一次原文的行数（与中译文的行数不完全一致），见正文左边的边码数字。下同。

摘取芬芳的鲜花给自己做香水。"

这时船夫甘巴约兰说完了

国王一声没吭走下了木船

径直离去，返回了王宫

一进门就坐倒在豪华躺椅上

躺了一会儿，向侍女们喊道：

"快拿十个蚊帐来把我的龙榻罩好。"

30　只见国王话音刚落，两位侍女

达拉雅和卡苏巴莫洛普走上前来

把五彩缤纷的帐子系在了床上

国王这才合上眼打起盹儿来

五天过去了他从未下令将帐子掀起

全国上下，无论远近

都知晓了他心中的悲伤

知道国王正在悲痛和发怒中

到了第五天，所有的贵族们

都被国王的首相下令召了过来

40　来召开一个事关国家福祉的会议

那天贵族们都来到了美丽的布巴兰

当人们到齐之后，马巴宁公道罗格

四下仔细看了看，然后说道：

"我能要求国王的首相解释一下

为什么今天把所有的贵族们都请来？"

马巴宁公道罗格说完之后

首相看了看屋里的人们开口说道：

"阁下，就请卡拉用将军来告诉我们

到底是什么使我们的国王如此悲伤欲绝？"

50　将军答道："你不用来问我，兰噶伊戈

国王如此悲伤，我是一无所知。"

卡拉用将军说完之后，兰巴丹——

马达拉巴城堡的主人，看了看众人说道：

"如果我没有弄错，在场的所有人

都会同意来询问首相，他定能告诉我们

到底是什么坏消息让国王如此悲伤失望。"

兰巴丹——马达拉巴城堡之主说完了

首相抬头看了看周围的人们说道：

"我尊敬的兰巴丹，在我看来

60　最明智的莫过于去询问国王本人

国王如此悲伤，我并不知情，也无法理解。"

首相把话说完了

国王抬头看了看大家，终于开口说：

"尊敬的诸位，感谢大家聚集于此

我请大家来到这里的原因

并非是有坏消息说危险将要降临

而是来见证我在这里发出的命令

来这里亲耳听我说出让你们前来的缘由

我将要向所有臣民颁布一项法令

70　向美丽的布巴兰王国所有的人

我命令你们每一个人

当班杜干王子回来的时候

任何人都不能和他说一句话

原因是我要让他知晓国王的愤怒

因为他在巴巴拉伊阿诺南寻欢作乐。"

当国王把话讲完之后

在场的人们面色异常难看

华丽的宫殿中鸦雀无声

人们的目光纷纷投向了萨巴拉特

80　他先向两边望了望，然后开口了

"兰巴丹阁下，请听听我的意见吧

我相信你会同意我们应向国王请求

恳求收回这条严酷的法令

不要禁止与伟大的班杜干王子交谈。"

杰出的萨巴拉特说完了，无人作声

兰巴丹对他的话确信无疑

盯着在场的人们看了看开口道：

"国王陛下，伟大的主人请息怒

我们大家都意见一致、全心全意地

90　向您恳求，请您能收回成命

不要禁止我们与班杜干王子交谈

肯定有别的办法能让他回心转意

这项法令会让人不将他尊为朋友

当他回来时如若我们不与他交谈

他可能会离开美丽的布巴兰王国

去远方流浪，再也不会归来。"

兰巴丹讲完了自己的意见

首相四下看了看，然后说道：

"英明的陛下，我向您诚心恳求

100　认真考虑兰巴丹阁下的肺腑之言

你如此尊爱他，就算是这个世界您也会给他。"

首相发表完自己的意见

人们的目光又投向了萨巴拉特，问道：

"伟大的国王，您看到了

您的臣民忠心耿耿地站在面前。

我们是像那些高大的树木一样

一样高低整齐地站成行列？

或是像海蛇那样

在搅乳海中不断地挣扎？

110　有人能比其他人更强大吗？

　　　我们之中没有一个人

　　　会敢于向伟大的班杜干王子挑战。"

　　　"这就是班杜干王子为何

　　　被称作'国王的卫士'的原因

　　　所以各地的人们都传颂他的美名；

　　　他的光辉荣耀上从未有过微瑕

　　　他是坚不可摧的守护者，让敌人望而却步

　　　他就像芬芳的花朵让每个人都陶醉

　　　他高高举起我们荣誉的旗帜

120　自从他长大成人，由于他

　　　我们的邻邦无一不臣服于我们布巴兰。"

　　　杰出的萨巴拉特说完了自己的请求

　　　国王往四周望了望，开口说道：

　　　"啊，诸位都如此违抗我

　　　对国王的法令抗命不遵，

　　　那我这国王只好离开美丽的布巴兰

　　　去远方的高山大河那里另寻他处。"

　　　老国王说完了，人们鸦雀无声

　　　无人打破王宫中死一般的沉寂

130　贵族和王子全都神情沮丧地坐着

　　　没有人再敢向国王提出反对意见

　　　年轻的贵族窃窃私语，连手都颤颤巍巍

　　　年轻的加东王子马巴宁，低声说道：

　　　"我的朋友，巴拉拉马卡约干，我问你

　　　你觉得，如果伟大的班杜干王子对你说话

　　　你却对他毫不理会的话，这对不对？"

波约加马巴宁说完了
巴拉拉马卡约干盯着他回答说:
"波约加马巴宁喔,我亲爱的朋友

140 我宁愿去死,也不会服从国王的残酷法令
去反对我亲爱和尊贵的朋友班杜干
说实话,你会服从这项非人的法令吗?"

马巴宁王子回答道:
"听我说朋友,我发誓要反对国王
就算他要把我驱逐出美丽的布巴兰;
就算是他夺去我的住所和所有财物
我也不会对班杜干保持沉默
因为如果不能和亲爱的朋友再次交谈
我宁可去死。"

150 马利利[1] 说:"我的朋友
我已决意离开这座宫殿
谁能说我们最好的朋友何时才能归来?
如若我们不和他说话
他会以为所有的朋友都背叛了他。
我们赶紧离开,到科达兰加鲁纳去。"
马达利站起身来走了
他的挚友马巴宁紧随其后
他们一起离开了王宫

还没过一会儿
160 王宫中传来了银铃的响声
人们听见后知道这铃声

---

1 此处原文为马利利,可能指的是马达利。

正是来自伟大的班杜干剑上的铃铛

正是班杜干那把赫赫有名的坎皮兰剑

他已经抵达了河口，丝毫不犹豫

大步流星朝着王宫走去

他很疑惑城里居然一片寂静

因为他班杜干一直都光彩耀人

每当远征归来回到美丽的布巴兰

会有数不清的美丽姑娘

170　在窗口边向他挥手致意

但现在周围却一片死寂

他边走边看路边的房屋

徒劳地寻找着欢迎他的姑娘

毫无所获的他穿过广场来到王宫前

他踏上了富丽的红木台阶

抬起来脚步往前望去

看着他别来无恙的家

他动作一僵停在了台阶上

往大门里一瞥，正是他的朋友们

180　但人们却低着头、眼都不抬地看着地面

班杜干停了下来，张大了嘴异常惊讶

他等待着有人会上前来迎接他

但等了半天都没有任何欢迎的话语

伟大的班杜干王子整个心都凉了

"怎么我的朋友们都聚集在王宫里

却没有一个人与我说话呢？

难道美丽的布巴兰出事了？

我要去问国王，我的兄弟，到底怎么回事。"

真是无法用语言来描述伟大的班杜干王子

190　　他心里忐忑不安，慢慢走到王座前

　　　　从腰带上取下了坎皮兰宝剑

　　　　放在了盾牌上，然后弯下腰

　　　　向国王鞠躬后说道：

　　　　"伟大的国王陛下，我的主人

　　　　请您告诉我今天为何把这些人都召集在此？

　　　　我的兄弟，为何一言不发？不要拒绝

　　　　请把一切都告诉我，我心里惶恐不安。"

　　　　伟大的班杜干王子把话说完

　　　　但国王仍缄默不语，对班杜干王子

200　　瞧都不瞧一眼，班杜干转过身问道：

　　　　"首相阁下，请你告诉我

　　　　为什么国王不愿回答我

　　　　请求你回答我向你提出的问题

　　　　难道是敌人侵犯了我们的城镇？

　　　　什么都不要向我隐瞒，我会出征

　　　　把他们的城镇也夷为平地

　　　　把他们杀得片甲不留，然后宣告

　　　　除了寡妇任何人都不能在那里居住。"

　　　　伟大的班杜干王子把话说完

210　　再来看看这位国王的首相

　　　　他在那里坐着，好似已天塌地陷

　　　　眼泪止不住地夺眶而出

　　　　因为国王的命令把他的嘴封住了

　　　　班杜干站起身走到宫殿的一边

　　　　好朋友兰巴丹王子正坐在那里

　　　　他在兰巴丹的左侧坐了下来

　　　　杰出的萨巴拉特正在他的右侧

班杜干忍不住开口说道：

"亲爱的兰巴丹王子，

我向国王致意的时候他一句都没有回

220　兰噶伊戈首相也始终缄默不语

我向你诚挚地请求，一定要回答我

如果连朋友都没有，我将离开美丽的布巴兰。"

伟大的班杜干王子把话说完

兰巴丹王子的眼泪也涌了出来

杰出的萨巴拉特眼里也闪烁着泪光

他再也无法抑制住心里的忧伤。

此时班杜干终于明白了

是国王下令让朋友们缄默的。

班杜干王子站起身来，眼角湿润了

230　他开口说道：

"既然没有一位贵族或王子

来回答我询问的问题

那我将被迫离开王宫

尽管我对为何如此待我一无所知

我从未做过一件对不起祖国的事

也未说过一句有辱祖国声望的话。"

伟大的班杜干王子话音已落

他从地上拿起了坎皮兰宝剑

拾起了盾牌，又继续说道：

240　"亲爱的达若民邦王子

我再也不能见到你了

国王不许兰巴丹的贵族们与我说话

他也会严厉地封住你的嘴

因为你是他的儿子，我的侄儿。"

伟大的班杜干王子把话说完

班杜干走向了塔楼的楼梯
此时他的幼子巴拉塔麦鲁纳走了下来
250　孩子看见了他的父亲班杜干王子
张开双臂上前抱住了班杜干的腰
他紧紧抱着班杜干说道：
"父亲，你从哪里来，你去哪里了
你已经离家好几个月了。"
班杜干把巴拉塔麦鲁纳紧紧抱入怀中
在他的脸上身上令人窒息般地亲吻
"来，和我一起到塔楼上去
我要告诉你一些你不知晓的事情。"
孩子答道："上去吧，父亲，先等一下
我要先去院子里招呼一下伙伴们
等我们一弄完就回来找你。"
260　孩子说完话，就跑了出去
班杜干王子迈步登上塔楼
他走到门边，见到妹妹利民娜公主
利民娜对他说："亲爱的哥哥
过来坐到躺椅上，坐到我身边来
我盼着见你盼了许久，在我心中
你就像那明媚月光照耀在浪涛之上
波澜起伏，涛声时刻回荡在耳边。"

"妹妹伊娜朗，我知道你爱我"，班杜干答道
"但我必须坐在窗边
270　因为我要呼吸新鲜空气"
他踌躇地来到窗边坐到地上
妹妹利民娜拿出了槟榔包

她左手拿着槟榔包

右手娴熟地把槟榔子切开放进包中

又拿出了烟草和红色的陶斯[1]

放在手中递给俊美的班杜干王子

"我英俊的兄弟，这是给你准备的槟榔。"

伟大的班杜干王子接过了槟榔包说道：

"亲爱的公主，你想帮我梳头吗？

280　我有种感觉以后你再也无法帮我梳头了。"

杰出的公主回答说：

"班杜干王子，请允许我请求你

如果国王做了或说了什么让你伤心

请你记住，国王已是老朽之年

再过些日子就会不久人世。"

利民娜公主从瓶中倒了点油

把她的金梳子递给班杜干，说道：

"兄弟请躺下，我好把油抹在你的头发上。"

班杜干躺了下来，公主给他抹发油

但很快班杜干就不安地说：

290　"别梳了，把头发打成结，我要起来

再好好看一眼这美丽的布巴兰。"

公主小心翼翼地把他的头发系好

班杜干站在窗口往外望去

深情地看着这片无比熟悉的土地

每看到一处心中的忧伤却增加一分

这时巴拉塔麦鲁纳回到塔楼上

在班杜干身旁坐下来，说：

"父亲，想说什么就告诉我吧

1　陶斯：马拉瑙人嚼槟榔的用品。

到底是什么我还不曾知晓。"

300　班杜干看了看自己的儿子说道：

"儿子，我要告诉你的事情就是

为什么我现在要离开美丽的布巴兰

仔细听好我要和你说的这些

我回来的时候，首相拒绝与我交谈

国王和王宫里所有的人亦皆如此

我在这里坐着反省自己

自从我在美丽的布巴兰长大成人

从未有人要来守护我班杜干

我自己正是这里的守护者

310　你是我的儿子，不是个女孩

有人占用你的财物，你就躲在这塔楼中

就像把新娘送给嫁妆出得最多的人一样送掉

你现在还是个孩子，还未参加过喋血的战斗

但你终会长成顶天立地的男子汉；

如果他们未把我拒之于布巴兰之外

孩子，终有一天你会与我并肩作战

就像两朵美丽的花儿四处散发芬芳！

但是孩子，这片土地也会把你拒之门外

你现在还没有赢得出生入死的荣誉。"

320　伟大的班杜干王子说完了

孩子抬起头殷切地看着父亲说：

"我想与你一起走，我还只是个孩子

这里这么多敌人，我留下该怎么办？"

"你什么都不必做……我就要离去

不再在此停留，但当我抚平悲伤之际我会归来。"

伟大的班杜干王子回答道，儿子又问：

"父亲，为什么你必须离开美丽的布巴兰？

为什么不到拉纳亚科波拉干那里去

我们把这座塔楼也移到那里立起来

330　把国家分成两半，那边就是我们的

你就可以独自称王！即使我还是个孩子

但我也要击败国王以及他的随从

就好像弱小的榕树攀爬在紫檀之上

最终能把巨大的紫檀勒死掀翻

如若我真爱的父亲离我而去

我会将他们一一杀死

我要把他们的血洒在地上

然后赢得出生入死的光辉荣誉。"

巴拉塔麦鲁纳激昂地说道

班杜干王子坐下来陷入沉思：

340　"如果有一天我死去，我的灵魂

是否会在儿子身上再次重生呢？"

他接着说道："我的孩子，

我不同意你的想法

不能把美丽的布巴兰一分为二。"

孩子说道："那你就带我走吧

我有种感觉你可能再也不会回家来。"

班杜干接着说："我的孩子

你在我心中像黄金一般珍贵

不要觉得我像个奴隶一样离开美丽的布巴兰

350　去和孩子们到科达兰加鲁纳玩去吧。"

班杜干话音刚落

孩子一边摇着头一边说道：

"父亲，如果你不让我一起去

如果你又不会很快就回来

那我就去找你

虽然儿子默默无闻，但父亲大名远扬

我能和你在一起是最好的。"

伟大的班杜干王子对孩子无比怜惜

"我的孩子，不要离开这美丽的布巴兰

360　除非你听说我死了，否则一定要等我。"

儿子答道："亲爱的父亲，我一定会做到。"

班杜干王子把儿子紧紧抱在怀里

一边亲吻他的面颊一边说：

"现在去吧，儿子，去和伙伴们一起玩耍。"

伟大的班杜干王子把话说完

孩子离开了他们的迪南丁安塔楼

去科达兰加鲁纳玩耍了

伟大的班杜干王子拿起了坎皮兰剑

把锋利的宝剑擦拭得闪闪发亮

370　他妹妹见他右手持剑

剑光闪闪，左手持盾

站起来铿锵有力地说道：

"公主妹妹，你的美名世人皆知

达荣达，向你道别！我必须离开布巴兰

如若哥哥阿加隆达利南向你问起

或者向兰噶伊戈等其他人问起

你就说既然我们无法在这里交谈

我们就等到天堂中再相会吧。"

伟大的班杜干王子说完了

380　公主的心就好像被箭射穿一样疼痛

利民娜公主其他什么都想不下去

一心想着班杜干说的悲痛欲绝的话：

"既然我们无法在这里交谈

那我们就等到在天堂中相会。"

公主转向门边掩面而泣

班杜干快步从塔楼上走下来大声喊：

"仆人们，快过来，这些女眷需要照顾。"

他走到楼梯下，径直穿过王宫

左右两边满是朋友们，但他一眼都没看

390　他走到门口轻轻一跃

来到了王宫大门外

他把坎皮兰剑放在地上

闪闪发亮的坎皮兰宝剑

他曾用它参加过无数次战斗

有无数敌人在其下身首异处

它为主人增添了英勇无敌的威名

班杜干四下环视，大声说道：

"哦，布巴兰，布巴兰，我必须离你而去！

我必须离你而去！在我回来之前

400　让天地相撞在一起吧。"

伟大的班杜干王子说完了

他拿起宝剑，用绳子缠好

紧紧缠绕在手中，再举起盾牌

在路上挥舞着宝剑跳了起来

他身边满是闪亮的剑光

剑柄上所有的铃铛噔噔作响

远在王宫和塔楼中都能听见

班杜干一边往前走一边喊道：

"哦，美丽的布巴兰的国王和贵族们

410　请求你们原谅我，我就要走了

是你们把我驱赶走的，因为你们认为

我若在此，会让美丽的布巴兰蒙羞

国王，你清清楚楚地知道

自从我班杜干长大成人

布巴兰的美名就在四海传播。"

班杜干越走越快一直来到河边

他看到在河岸上有一块大石头

便坐了下来稍息片刻

他自言自语道："布巴兰啊

420 我不能去，因为巴拉塔麦鲁纳在那里；

我也不能去加加巴亚鲁纳

因为马本达拉杜鲁姆会发现我；

我也不能去波瓦拉散萨莱

因为马巴宁会发现我。"

他不断往前走，一直来到一片树林

一切都被遮蔽在枝繁叶茂的树丛中

在树林中他发现湖边有个小村镇

他自言自语道："这个地方如此美丽

我以前却从未见，定要过去看看

430 在此我没有亲人，更无人知晓我的名字。"

班杜干坐在地上，把盾牌放在一边

他说："我忠诚的盾牌啊

你愿意和我一起远走他乡吗？"

伟大的班杜干王子说完后

天开始下雨，突如其来的疼痛

侵袭了班杜干王子的心脏

他拿起坎皮兰剑和盾牌

站起身来向云雾中的村镇走去

他打算先翻过眼前的小山

440 山丘上密密丛丛的茅草在风中飘荡

但正当他在山坡上穿行时

感到心里又是一阵刺痛

他忍着继续往前走，来到一棵大榕树下

他晃晃悠悠着跌倒在树下

紧紧抓着自己的宝剑和衣服

身体的剧痛让他绝望

他张大嘴拼命呼吸

脸色变得让人都认不出来

他的眼中早已天旋地转

450　视线中的一切都变得黯淡下来

咽喉中发出一丝哀伤的声音：

"哦，死神啊，听听我的请求吧！"

他找出槟榔包

惊奇地发现虽然叶子依旧新鲜柔软

但槟榔果已变得又硬又干

他颤抖着双手切开槟榔果

嚼了一会儿后吐了出来

再把烟叶放入嘴中，就昏了过去

不知过了多久他醒了过来

460　想到自己应该离开这大榕树

班杜干王子伸出左手拿起盾牌

挣扎着站起来在茅草丛中艰难前行

他并不知道自己要走向何方

轻轻动了动嘴唇喃喃说道：

"唉，我可能要葬身于这片茅草丛中

不会有人知道我是在哪里死去的

美丽的布巴兰会把我从记忆中抹去。

现在我要呼唤马高，他是与我友好的精灵，

而不是去呼喊那些国王的精灵

470　国王都不再准许他的臣民与我交谈

我怎么能够指望呼唤他的精灵呢？"

班杜干王子喊道："我的马高

121

我自己的精灵，你来自天国

曾帮助我屡次征战得胜，马高！

我的朋友马高，如果你还可以施展神力

现在就来助我一臂之力

若我在此死去，布巴兰的人们都会嘲笑我。"

伟大的班杜干王子把话说完

突然雨点落下，在阳光的照耀下出现了彩虹

雨越下越大，整个世界变得天昏地暗

伟大的班杜干王子，他的精灵

480　前来把他轻轻托起，带着他飞向远方

周围遍是高山和大海

精灵把他放了塔楼之巅

那里是可爱的丁邦公主居住的王宫

班杜干虽然陷入深深的沉睡

但他依然呼唤来无比的神力

他说道，就算是要死

他也要在屋里歇息

在进门时他被绊了一脚

丁邦公主正坐在那里缝补

公主的侍女卡丽曼看见了班杜干

见他像个濒死之人一样瘫在那里

"先生，过来坐到公主的床上。"

侍女对班杜干王子说道

虽然病痛难忍，班杜干依然答道：

490　"这位和蔼可亲的侍女，我可以问问

这张漂亮大床的主人到底是谁？"

侍女说："不用介意这是谁的

你无需管它的主人到底是谁，

因为你急需它，它现在便归你。"

班杜干躺倒在床上说："善良的侍女，

你能允许我在这床上稍歇片刻吗？"

侍女答道："尊敬的先生

我想你会喜欢在这张吊床上休息。"

伟大的班杜干王子便宽衣解带

500　精疲力竭地爬上吊床闭眼睡着了

这时候公主的小妹妹

见到来了位英俊的陌生人

便拿出槟榔子切成碎块

放入槟榔包中，然后说：

"侍女，把槟榔盒交给那位勇士。"

侍女便穿过房间把槟榔递给班杜干

"尊敬的先生，这是给您嚼的槟榔"

这位英俊的陌生人回答道：

"希望你不要介意

510　我先不嚼你给我的槟榔

因为它可能让我疼得更厉害。"

侍女说："你不嚼槟榔

那就请容许我侍奉你吧

你睡觉的时候盖着这个蚊帐。"

侍女把蚊帐铺在了吊床上

回到了丁邦公主身边说道：

"比南道，你听着，先停下手中的活

如果这位病重的先生因为我们没留心

在我们的塔楼里死去的话

520　那将是无比巨大的耻辱。"

比南道笑着说道：

"你可别拿这位勇士开玩笑

那样会被精灵们惩罚的。"

侍女萨娅干巴又说道：

"我可是在很严肃地和你说

这位尊贵的陌生人可能就要不久于世。"

萨娅干巴话音刚落，丁邦公主吓了一跳

把手头上正在缝补的东西一扔

站起来喊道："比南道，你和我一起来

530 我们去看看这位生病的勇士。"

公主和侍女们都围到了吊床边

丁邦公主说："侍女，快把帐子移开。"

她们看到班杜干王子之后

才知道侍女刚才绝没有危言耸听

公主用手按了按班杜干的额头

发现他的额头烫得像火一样

"这位勇士，我们还不知道你的名字

我这就给你准备些槟榔子。"

公主说道，她知道应该怎么办

540 虽然疼痛难忍，班杜干还是温和地说道：

"我告诉你的话请不要生气

我现在不能嚼槟榔，那会让我更疼……"

班杜干已经有些意识不清

公主说什么再也听不清楚

虽然嘴上已说不出话来，但眼睛还能表达

眼泪从班杜干的双颊上流了下来

这是对丁邦公主感激的热泪

一个侍女说："看他的眼睛

他这是在和公主说话呢

550 想让公主给他找些药

以及能给他治病的医生。"

丁邦公主站起身来，把大家聚到面前说：

"无论长幼，把所有人都召集起来

还有巴达拉瓦拉安医生

告诉人们王宫里发生了不幸的事

如果大家真正热爱自己的国家

就应该尽快赶到王宫来

必须仔细询问每一个人

看看有什么良方可以治好这位勇士

560　如果有人懂得使用精灵的魔法

就请尽快赶到王宫来。"

年轻的侍从带着她的命令跑了出去

丁邦公主又赶到其他房间里

找来一位名叫达曼阿甘阿希伊格的老妇人

她是纳当科班拉加特最出名的女巫

公主抓住她的胳膊说道：

"我听说过有一种神药

是精灵交给纳索班国王的

我求求你，请你快把那种药

570　给这位病危的勇士，要不然他会死去

我们就连和他说话的机会都没有

也无从知晓他的姓名和他的家乡。

来救治像他这样尊贵的勇士

治疗时肯定会有好运相伴。"

此时此刻班杜干王子已是气若游丝

他觉着眼前变得五彩斑斓

有声音告诉他他正要死去

说他死之后灵魂就会上路

要么去天堂要么下地狱

580　他转了转头左右看看

他的面容已经变了，这是不祥之兆

勇士的脑海里已经全是神灵

人们看着他，想着死亡是否会

125

赋予他最后时刻的力量发出预言

有些人则非常担心他不知道

如何召唤精灵陪伴他的灵魂上天堂。

我们无法忍心去看这位濒死的勇士

富有光泽的皮肤、一串串汗珠子、瞪着的眼睛

他浑身颤抖，双眼凝视着远方

590　他看到的好像不是尘世，而是天堂

他的样子表明他的灵魂

只要稍许片刻，就准备离去

等着有一阵风来把他送上天堂

但他有些害怕，泪水润湿了眼眶

也许是他的灵魂还不能去天堂

也许是因为他的言行还不够格

他长叹了三声，深深的最后的叹息

丁邦公主靠在他的头旁

他看了看公主好像是请求她允许自己离开

600　这时班杜干停止了呼吸

今天关于伟大的王子班杜干的故事讲完了

接下来古新班的万能的神力

终于在他最后的时刻赶来保护他了。

我们现在来说丁邦公主

她的悲痛让我们看着都非常难受

她对精灵们痛苦地说道：

"要是我能够在他死之前

问问他的名字就好了。"

王宫里的人们由此都变得敬畏起来

610　国王本人最为心烦意乱

当他得知陌生的勇士逝去的消息

他低下头用手掩面，伤心地坐着

思索着下一步应该怎么办

他抬起头来问比南道说：

"你知道关于这位勇士的任何信息吗？

他到底是谁？他从哪里来？

为什么他来到我们这里，怎么又会死的呢？"

比南道公主转到左侧说道：

"我们没人能猜出他的名字

620　他又从哪里来，为什么要来

这是一位最为陌生的人物。"

这位拥有海中之国的国王

也转到左侧说："丁邦和比南道

还有其他人，大家都听好了

我衷心请求你们提议我们该怎么做

以防有敌人入侵我国为此复仇。"

此时贵族们已经严肃地集结起来

国王征求了首领们的意见并说：

"尊贵的各位，由你们来决定

630　这位死去的不知名的勇士

将放在王宫大厅正中间的床上

也不用东西来遮盖他的面容

让王宫中所有的达官贵人都来瞻仰他的遗容

也许有人能告诉我们他到底是谁。"

依国王的命令大卧床放了了王宫大厅中

丁邦和其他王室的女子

给大床装饰上了各色的彩旗

摆上了很多装着芬芳花朵的花瓶

国王说道："尊贵的各位

640　在我们决定下面做什么时请坐下

如果你们中有人认识这位杰出的勇士

请举起手来告诉我他的名字。"

他等了足足五分钟

却没有任何人回答

最后国王的首相转到左侧说道：

"国王陛下，我们请求您告诉我们

下面怎么办最好，我们会执行您的意旨

没有人想由于这位勇士的死而受责难。"

国王说道："各位贵族，

650　我想我们可以在此敲响铜锣

在海滩边放响兰达卡斯火炮

把全国人民都召集而来

聚集在此举行一个会议

因为我非常忧心忡忡

这位勇士的国家可能会来找我们的麻烦

你们大家同意吗？"

于是贵族们列队敲响了铜锣

在海滩上燃响了隆隆炮声

这声响就像轰隆隆的雷声一般

660　不知道有多少锣鼓和火炮

声响划破长空把集会的信号

一直传到了王国最边远的角落

人们从各个村落纷纷赶来

轮流上前瞻仰勇士的遗容

尽管来了成千上万的人们

没有人能说出这位勇士的名字

也没人知道他到底来自何方。

我们把他们的故事先放一边

讲讲五只绿鹦鹉的故事

670　他们停栖在一棵大树上

与另一只刚从布巴兰飞来的鹦鹉聊天

"朋友，你为什么愁眉苦脸？"

来自迪囊卡普的鹦鹉问道

"兄弟啊，"来自布巴兰的鹦鹉回答说

"我的忧伤是因为找不到我的主人

我在大海上飞来飞去，四处寻找

你们正在这树上谈些什么呢？"

来自巴巴拉伊阿诺南的鹦鹉说道：

"我们想知道为什么伟大的班杜干王子

今天下午在这海中之国逝去

680　你觉得他是邪恶咒语所害吗？

就是那个巴巴拉伊阿诺南的女巫马金娜。"

布巴兰的鹦鹉静静地默不作声

起身飞往那海中之国

他非常惊讶眼中看到的一切

地上旌旗飘扬人头涌动

人们肃静地聚集在王宫周围。

鹦鹉直接飞向了王宫

来到了丁邦公主的窗口前

690　公主认出了鹦鹉叫了起来

"哦，来自布巴兰的鹦鹉

过来告诉我，为什么

这几个月我都没看见你？"

鹦鹉朝着床的方向看了看

伟大的班杜干正躺在那里

这时公主低下了头

亲吻着鹦鹉说道：

"哦，可爱的小家伙，到那大床边去吧

　　看一看那位逝去的陌生人

　　如果你认识他，请把他的名字

700　告诉我这个老朋友，公主丁邦。"

　　鹦鹉径直飞到了床边

　　他看到躺在那里的正是它的主人

　　"哦，我的主人，让我和你一起死吧。"

　　哭喊着就晕倒在班杜干王子的尸体旁

　　这时，国王最年长的姐姐马贝尔

　　看见鹦鹉倒在了班杜干身边

　　赶上前来把鹦鹉抱在怀中说道：

　　"快，侍女们，给我一些水。"

　　马贝尔把水浇到鹦鹉的头上

710　丁邦接过鹦鹉把他捧在面前说道：

　　"亲爱的鹦鹉，请听我说，你不能死

　　告诉我们到底是什么让你悲痛欲绝

　　啊，你终于醒过来了！我向你请求

　　告诉我这位你深爱的主人叫什么名字。"

　　"小姐，"鹦鹉无比哀伤地说道，

　　"他就是著名的伟大的班杜干王子

　　他是布巴兰国王的兄弟

　　是布巴兰人民坚不可摧的守护者

　　是在无数战争中英勇善战的将领

720　是在各种危机挫折中英明的领袖

　　他的神力可以治疗各种病痛。

　　如今他在这海中之国的土地上死去

　　他的朋友们可能会以为是你们害死了他。"

　　公主听到这番话心都要碎了

　　心中的懊悔让她禁不住哭出声来

　　此时国王便对着鹦鹉说道：

　　"现在你愿意前往布巴兰

替我们向布巴兰表达深深的同情吗？”

鹦鹉回答说：“哦，国王陛下

730　我宁死也不会再离开我的主人半步。”

国王转向左侧说：“我不知道

应该派谁去告诉布巴兰的国王

那些想去的人们现在就上船去吧

我们将在船头装上兰达卡斯火炮

由十个人抬着张灯结彩的大床

把这位伟大的勇士送回家乡

用我的大船把他送回布巴兰

看吧，也许他们会要与我们开仗

如果他们动手，我们也要反击

740　因为我们丝毫没有伤害班杜干王子

对此我们问心无愧、听天由命。”

丁邦公主转过身来说道：

“我的兄弟，戒心不要这么重

我将派我的鹦鹉去布巴兰

她会告诉那里的人们这件悲惨的事情

可以赶在我们的船队到达那里之前。”

国王当众称赞道，虽然公主年岁尚小

但她提出的计划非常英明。

公主起身登上了自己的塔楼上

750　忧郁地朝着布巴兰的方向望去

然后召唤来她的鹦鹉说：

“亲爱的鸟儿，我这儿有个消息

要请你带到美丽的布巴兰去

等你飞到他们的国家，

找到国王后对他说

这海中之国的国王派你捎信

他们伟大的王子班杜干在两天前

神志不清地来到了我们的城镇

在王宫中去世了，这让我们悲痛欲绝。

760　你注意听他们的回答，不管好坏

尽快回来告诉我们他们说了些什么。"

鹦鹉像箭一样疾速飞上了天空

她在云端上飞了整整五天五夜

第六天的午夜才抵达布巴兰

来到布巴兰王宫的塔楼上

她看到下面聚集着大督贵族们

正谈论着卢瓦兰王子刚刚做的梦

她听见卢瓦兰王子说道：

"布巴兰的大督们，听听我的噩梦吧

770　我梦见我来到了河口边

看到一艘船飘浮在云端幻影重重

我拿起望远镜一看正是班杜干

天使们正抬着他飞向天堂。"

此时鹦鹉飞到了地上

吓了在场的贵族们一大跳

巴拉罗玛把她轻轻地捧在手中问道：

"亲爱的绿鹦鹉，你能告诉我们

你从哪里来，你的主人是谁

你来这里是干什么的呢？"

780　鹦鹉转到左边开口答道：

"我来自那海中之国

我的主人是公主丁邦

我来这里是要告诉马达利王子

你的兄弟，伟大的班杜干王子

被某种邪恶的精灵所伤而死去了

连他到底是谁都没来得及交代。"

马达利王子听见鹦鹉说的话

就像天塌地陷一般晕倒在地

人群骚动了，众人又叫又跳

790　妇女们惊声尖叫，甚至有人晕倒

年迈的国王得知后懊悔不已

他想起是自己命令布巴兰的人们

不准与班杜干王子说话

他转过身去把头上的头巾扯下来

摇摇晃晃地从椅子上摔倒在地面

首相赶紧把他扶起来说道：

"醒一醒，国王陛下，你必须下命令

这样天下的臣民才知道该做些什么。"

但其他贵族们都对国王置之不理

800　他们离开王宫来到自己的船上

升起帆向那海中之国赶去。

但与此同时班杜干最亲密的朋友

马巴宁和马达利制订了一个大胆的计划

乘坐他们神奇的盾牌飞到天上去

要去亲自请求天使

将最亲密朋友的灵魂交还给他们。

他们的盾牌在空中颠簸着

五天后他们才赶到天堂的门口

那里是闪电和惊雷的通道

810　巨大的河流就从那里

从天上流淌到大地之上。

整整五天五夜

他们在寒冷的空中飞行

一会儿又飞到炎热的地方

他们又继续飞了整整五天

这五天的天气非常怡人

最终来到天边的一扇大门前

守门人见了惊讶地跳起来

"你们还没有死，怎么前来这里？"

他们答道："我们是来请教天使的

820　　请教他我们将会在何时死去

世界又会在何时爆炸灭亡。"

"那请继续前往下一个门，"守门人说，

"那里是天使的住地

住着负责守卫死者灵魂的天使。"

于是他们继续往前飞

又飞了一个月才抵达第二个门门口

守门人也是非常惊讶地说道：

"你们还没有死，怎么前来这里？"

马达利答道："我们日夜兼程赶到这里

是来询问死亡天使我们将何时死去

830　　我们死后将会被放置在哪里。"

守门人答道："如果你是想问这些

那就给些许时间让你们进去问他

但之后你们必须返回地面去。"

他们赶紧进去找到了死亡天使

很快他们就来到花园，天使就住在

这里芬芳的花丛、香甜的水果中

马巴宁说："马达利，让我一个人上前去

如果他把我杀死，你必须马上回到地上

告诉我们的朋友我到底出了什么事。"

840　　马巴宁摇身一变变成了美丽的少女

死亡天使看到有一位少女翩翩走到面前

天使寻思道："从未见过这么美丽的少女

她还没有死就来这里了，真是奇怪！

也许是神要赐予我这样一位妻子！

我和她两人看起来还挺般配。"

天使站起身来迎接美丽的少女

风度翩翩地询问少女来自何方

为什么还未过世就已来到天堂

少女回答道：

"我究竟来自何方

850　不能告诉你，是神将我带到此地。

我想向你询问的是：

天堂里一共分作多少层

我将死之际这里会有多少星星

我死后会在哪里停留？"

死亡天使走到少女身边说：

"对你这么一位美丽的女子，我不会掩藏

我是多么想让你成为我的新娘

我不知道天堂有多少层

也不知道这里有多少星星

860　我不知道你哪天会死去

但若你愿意做我的妻子

我可以去问天神之王

让你死后和我一起生活。"

美丽的少女继续说道：

"此外，我还想知道

在天堂里怎么能找到咖喱果。"

天使说："我不知道咖喱在何处生长

但你若能等我五天

我会去问天神你可否吃咖喱

我会去弄清你将何时死去

870　你是否和我一起住在这漂亮的大屋中？"

少女答道：

"如果那正是你所愿

我们真心交往，我会嫁给你

如果你不会离开太久

如果你能找来咖喱果

但若你无法知晓我何时过世，又将在何处居住

那我们就算了，我再也不会和你说话。"

死亡天使立即动身

前往天堂的第五层

880　少女看着天使慢慢走出视线笑了起来

转过身径直走向一边的桌子

桌上摆着很多瓶子，里面装着死者的灵魂

少女大声呼喊班杜干王子的名字

"哦，我亲爱的兄弟，

死亡天使把你装在哪里？"这时候

一个贴着蓝色标签的瓶子里传出了声音

就像是柔和而细小的笛声飘了出来

马巴宁二话没说抓起瓶子

快步跑出天堂的花园

890　他的朋友马达利正在外等候

马巴宁把少女装束往旁边一扔

换上了男子的马隆袍子

他们迅速飞向天堂的大门

守门人询问道：

"你们已经从天使那里得到

那令人烦扰的问题的答案了吗？"

"没有，"马巴宁说道，"我们见到一位女子

正在天使的房间里，所以我们就没有进去。"

他们继续向前飞奔，飞得像光一般快

五天后来到了天堂最底层的门口

900　片刻都未停歇，话也不说

一头往地面的方向扎下去

只用了一天时间

就走完了来时五天走的路

他们坐在盾牌上一路飞奔

像勇敢的雄鹰一样在空中穿梭

第五天他们终于回到了布巴兰

此时无数帆船停泊在海岸边

到处都鸣响着兰达卡斯炮声

马巴宁和马达利径直奔向王宫

910　王宫里人满为患，根本挤不进去

所有人都在瞻仰着灵床

班杜干王子的遗体躺在那里

四周都是旗帜的海洋

他的亲人们围在灵床周围

他的朋友们和爱恋他的姑娘们

国王曾经不准王子娶她们

丁邦公主也来到了这里

从那遥远的海中之国而来

人们将她与马金娜相比

920　那个巴巴拉伊阿诺南的漂亮的女巫

但她们两人都无法超过米诺约德的美貌

她若把两颊上的泪痕拭去

就会像月光一样靓丽夺目

但即使是米诺约德

也还是比不上米奇里德公主

她是班杜干生前最喜爱的姑娘

马巴宁打开了瓶口上封着的木塞

灵魂从瓶子里流了出来

直接流向了巴巴拉伊阿诺南的女巫

女巫害怕地把它推开

930 灵魂便飞进了班杜干的身体。

班杜干王子终于从长眠中苏醒了过来

他坐了起来向四周微笑着看去

亲友们见到了纷纷喜形于色

那些爱恋他的姑娘们围坐在他身旁

向他诉说见到他归来的快乐之情

此时此刻大家可以想象

伟大的班杜干王子死而复生的故事

已经被人们一传十十传百

传到了遥远的海岸边

940 那里敌人们正打算入侵布巴兰

他们集合了无数帆船和战士

正在气势汹汹地渡海而来

他们以为勇敢的班杜干已经死了。

我们再回到美丽的布巴兰

班杜干仍然坐在大床上

有些许快乐,也有些许忧伤

他想到了这些天来的痛苦经历

姑娘们一个个起身向他告别

贵族们聚集在一起窃窃私语

950 低沉的声音就像远方风暴的隆隆声

马卡拉扬就像一道闪电一样

跳跃着穿过了王宫的门口

严肃地快步走入房间

他大声喊道:

"大督们，很遗憾我要让大家扫兴

但是新的危险正在迫近我们！

走下去看看海的那边

那里有很多敌人的战船

敌人企图前来横扫我们

以为我们最强大的勇士班杜干死了

960 我能认得出那里有米斯科瑶的船

这个让人憎恶的名字令所有人都心神不安。"

人们匆匆赶到了河口边

已经看到前方满是战船

正朝着海岸边飞驶而来

于是所有的大督

纷纷赶回家中拿起武器准备作战

班杜干王子听到战斗的号角

他异常激愤，拿起坎皮兰剑

镇定自若地把利剑绑在手中

他坐到盾牌上，飞到海岸边

970 看到无数战船正排山倒海般扑来

他抬起头，召唤起他的神灵：

"我的马高啊，从天堂下凡吧

还有我那些栖息在云端的精灵们

就算是我要阻拦太阳，它也将不会升起

法力无边的精灵们，我召唤你们

现在前来帮助我，依我命令行事。"

精灵们便被班杜干王子从地上托起

班杜干发出惊雷般的吼声

坐在盾牌上钻入了云层中

980 敌人们听见头顶上传来他的声音

还有那坎皮兰剑的令人生畏的响声

他们被吓得大惊失色

纷纷惊慌失措地奋力划桨

但一切都太晚了

愤怒的班杜干从背后追上一阵劈杀

人们传说那么多的战船

都被击沉在班杜干无情的剑下

战斗持续了整整一天又一夜

最后班杜干杀得手腕都酸了

990　都不想再挥动那把沉重的坎皮兰剑

逃走的敌人见他疲倦了

返回身来借机偷袭他的伤口

有米斯科瑶国王、巴卡散古曼阿德

和一百多个身材高大的巨人

把他团团围住试图抓住他的臂膀

迪利波逊辛巴从背后悄悄靠近

敏捷地把班杜干从船上推了下来

英勇的班杜干虽然跌倒，但并未落入水中

他的鳄鱼精灵从布巴兰前来相助

1000　当班杜干跌倒时

它把自己的背抬出水面

使劲把他拉到自己背上

鳄鱼用大尾巴猛地抽向敌人

但敌人依然步步逼近他们俩

最后他们实在是累得无法动弹

班杜干摔了下来，穿过舱门

倒在米斯科瑶的船舱中

躺在甲板上喘着粗气

敌人兴高采烈地把舱门锁上

1010　米斯科瑶坐在自己的甲板上

惊奇地看着四周的海面上

到处都漂浮着战死的人

即使是幸存者也累得摇不动船桨

他们整整五天五夜不停歇

疲惫不堪的舰队

终于回到了卡达拉扬三道

战士们痛苦不堪地走下船

疲惫得什么都来不及想

只顾拖着倦体回家休息

把班杜干留在了船舱中

1020　只有些年轻人留下来负责守望

终于伟大的班杜干王子醒来了

拿起坎皮兰剑一把击穿舱门

一跃而起控制了整个甲板

他的精灵吹起一阵风

把米斯科瑶的船队吹向大海中

整个舰队一桨未发便已离开海岸

那些疲倦的战士们早已离开战船

接到通知说班杜干已经逃走

赶紧赶回到了海岸边

1030　米斯科瑶只能眼睁睁地看着

他的舰队正在越驶越远

船上还有些年轻人在为班杜干欢呼

他们愿意追随他回美丽的布巴兰。

他们航行了整整五天

来到了巴巴拉伊阿诺南

他在此向美丽的马金娜求婚

他在马金娜公主家里停留了一天

带她上船又航行五天来到吉里那基纳

他娶了第二位妻子米诺约德公主

1040 又航行了五天来到巴贡巴扬鲁纳

在那里又迎娶了马金娜万公主

然后继续向前航行

五天之后到达了海中之国

班杜干娶了可爱的丁邦公主

婚礼庆典足足举行了五天

然后他继续启程前往索拉万罗共

他娶了波隆泰皮斯吉为妻

停留一天后继续启程

找到了四十位以前曾爱恋的女子

1050 却因为国外的命令不能迎娶

关于他胜利凯旋的伟大航程

消息传遍了全世界

各国竞相向他恭贺致敬

布巴兰也听到了消息

所有的大督们都出动了

去迎接他们的英雄凯旋而归

但却走了另一条路与班杜干错过了

班杜干回到布巴兰时惊讶地发现

海岸边一个人一条船都没有

他仔细搜寻了每个地方都未有发现

1060 为什么这里已是人去城空?

他很奇怪,忽然看见有一艘帆船

正要离开布巴兰驶向大海

当船靠得非常近了

卡拉丹,拉奈阿格之兄,大声喊

询问他们来这里要干什么

因为他还认得这些船

正是可恶的米斯科瑶的
殊不知早已被班杜干夺走了

班杜干王子回答说：
"我们的布巴兰又遇到麻烦了？"
1070　"什么问题都没有，"卡拉丹答道，
"但是早已万人空巷，人们都已出发
前去迎接你，要护送你归来。"
这时卡拉丹才看见
船上足有五十位公主
他掉转船头回到岸边
前往王宫告诉那里的人们。
国王听说班杜干王子胜利而归
带回了世界上最漂亮的公主们
国王震惊了，踱步走来走去
想着应该说些什么；

1080　自从班杜干王子起死回生
他们兄弟俩还从未有过交谈。
最后国王拿起了自己的铜锣
那是精灵赐给他的神器
他使劲敲击，声音大得
连他兄弟马古图都能远远地听见；
远方的人们都被锣声震撼了
因为这面神奇的铜锣可以预警
但从未在美丽的布巴兰敲响过
人们听见锣声聚集而来

他们见到了班杜干王子和他的公主们
1090　他们疯狂地拥上去亲吻自己的英雄
海滩边欢声笑语
班杜干王子不得不跑开躲了起来。

伊富高人英雄史诗选篇

　　《呼德呼德》是菲律宾吕宋岛北部山区的伊富高人以活形态英雄史诗为主体的口头叙事传统和表演艺术，史诗讲述的是阿里古荣、布巴哈用、布甘等主要英雄人物带领族人历经艰险创立伟大业绩，并追求爱情的故事。伊富高人以修筑梯田、种植水稻为生，他们的高山梯田规模庞大、历史悠久，一九九五年被联合国教科文组织列入《世界文化和自然遗产名录》。二〇〇一年联合国教科文组织进行了首次《人类口头和非物质遗产代表作名录》的评选，《呼德呼德》作为东南亚地区文化的唯一代表被列入"世界非物质遗产"。

　　"呼德呼德"（hudhud）一词在伊富高语中意为"吟唱"，整个史诗包括了二百多个故事，四十个篇章，全部吟诵需要三至四天。伊富高人在梯田种植劳作、丰收庆祝、成年礼仪式以及丧葬仪式上，都会吟唱《呼德呼德》，它已经成为伊富高人日常生活和宗教生活的必然组成部分。

　　《呼德呼德》的语言充满形象化的表达法，大量使用象征、明喻和暗喻等修辞手法和重复的词组与语句，富含口头传统的代表性特征，本译文在翻译中即保留了原田野文本中的呼应、合唱、语气、反复等极具程式化的口头特征。《呼德呼德》具有很高的学术价值，是东南亚地区最引人注目的本土英雄史诗及口头传统，在国际学界吸引了众多人类学家和民俗学家进行研究。

呼德呼德——阿里古荣，阿木达老之子[1]

1　那是一个夜晚，就像此时一样漆黑的夜晚

　　阿里古荣就在那里，阿里古荣喔呀，阿木达老之子喔哦

　　他们生活在一个叫杜马纳颜的村社里

　　就是阿里古荣，阿里古荣喔呀，阿木达老之子喔哦

　　还有他的母亲因杜木老，因杜木老啊，阿木达老之妻。

　　他们家就在村社的中心，因杜木老抬头看了看屋里的架子

　　拿起扬谷用的风车，走到屋外的院子中喔哦

　　她背上俊美勇敢的阿里古荣，一起出发，穿过了村社的边界

　　来到村旁的稻田中喔呀，杜马纳颜的稻田

10　他们走到稻田边用石头垒起的院子里，那里都是谷仓

　　因杜木老，因杜木老喔呀，阿木达老之妻喔哦

　　她把阿里古荣从背上放了下来，阿里古荣啊，阿木达老之子

　　阿里古荣便在院子里玩耍打发时间，杜马纳颜的院子呀，呢嘛
　　　喔哦

　　因杜木老打开了谷仓

　　谷仓里存放着成捆的稻谷，她把稻谷从谷堆上搬出来喔哦

　　很快太阳高升，已是中午时分

　　这时有些鸟儿开始歌唱，声音像是悦耳的口琴

　　他们飞过杜马纳颜村边的河滩

　　一低头就看见阿里古荣在这里喔呀，阿木达老之子喔哦

20　这些来自遥远东方的鸟儿开始交头接耳起来

　　"看见那位俊美迷人的男孩吗？

　　让我们和他一起飞翔。"这些来自遥远东方的鸟儿说，喔哦！

1　本文本原文于一九九三年二月二十六日采集于伊富高的齐安干地区，由劳
　德斯·杜拉万录制、转写，并由伊富高民族语言翻译成英语。本书译者结
　合民族语言和英译文翻译成汉语。

他们飞了下来，来到了院子的谷仓边

翅膀遮掩住了阿里古荣，阿里古荣呀，阿木达老之子喔哦

他们把阿里古荣从地上提起来

他们一起飞翔，飞越了其他遥远的村社喔呀。

阿里古荣的母亲因杜木老，因杜木老啊，阿木达老之妻

仍然在谷仓里搬着成捆的稻谷喔，在杜马纳颜村呀

这时因杜木老走了下来，到了杜马纳颜的院子

30　四处找寻阿里古荣，阿里古荣呀，阿木达老之子喔哦

啊，你在哪里，阿里古荣，阿木达老之子？

她在谷仓周围寻找，找遍了院子的每个角落，杜马纳颜的谷仓
　　呀，呢嘛喔哦

她去杜马纳颜梯田的石垒[1]上，寻来了村里勇敢的人们

"在哪里啊？请过来吧，杜马纳颜勇敢的人们，杜马纳颜呀，呢
　　嘛喔哦！"

她回到杜马纳颜谷仓前的院子里，杜马纳颜呀，呢嘛喔哦

"阿里古荣不见了，阿里古荣，阿木达老之子。"

这些杜马纳颜勇敢的人们都来了

他们四处寻找阿里古荣，阿里古荣，阿木达老之子喔哦

母亲开始哭泣，因杜木老呀，阿木达老之妻

40　她便回到了杜马纳颜村的中心，杜马纳颜呀，呢嘛喔哦。

此时那些来自遥远东方的鸟儿

已来到达亚根的河滩边，达亚根呀，呢嘛喔哦。

它们在那里把阿里古荣放了下来，阿木达老之子

可怜的阿里古荣，阿里古荣呀，阿木达老之子喔哦

阿里古荣使劲地哭着，阿里古荣呀，阿木达老之子

"妈妈您在哪里啊，因杜木老，阿木达老之妻"喔哦

1　伊富高人的梯田的外侧由石块筑成，中间封上泥土，从而防止水土从梯田
　上层往下流失。梯田的外侧石垒的顶部就是上一层梯田的田埂，供人行
　走使用。

这时阿里古荣明白了，阿里古荣，阿木达老之子

"这不是我们的村庄。"阿里古荣说，阿木达老之子

此时太阳西下，已是下午时分

50 他哭了又哭，阿里古荣，阿木达老之子喔哦

他走到达亚根村的稻田边

踏上达亚根村边梯田的石垒墙

与此同时，布甘就在那里，布甘呀，班古伊万之女喔哦

布甘正在达亚根的院子里，把米碾粉，做成"比纳勒"。

阿里古荣专心地听着，阿里古荣呀，阿木达老之子喔哦

阿里古荣走到院子中间，走到了正中间

乌勒普勒波曼，乌马伊阿约多，达亚根[1]

阿里古荣穿过院子前的大门，达亚根村的院子呀，呢嘛喔哦

这把布甘吓了一跳，班古伊万之女哦

60 "你叫什么名字，俊美潇洒的年轻人？"

"我能叫什么名字呢？"阿里古荣问，阿里古荣，阿木达老之子

"那你叫什么名字？"阿里古荣接着问，阿里古荣，阿木达老之子

"我的名字叫布甘啊，我是班古伊万的女儿。"

他们俩便开始一起碾米做粉，在达亚根村的院子里

"过来吧，咱们吃饭，"布甘说，布甘，班古伊万之女喔哦

"我从小吃这种'比纳勒'米糕长大，"布甘说，布甘，班古伊万
    之女

"这个至少要煮一下吧，"阿里古荣咕哝道，阿里古荣，阿木达老
    之子喔哦

"我不会煮，因为这里没有火。"布甘说，布甘，班古伊万之女

于是阿里古荣安静地吃着米糕，在达亚根的院子里呀，呢嘛喔哦

70 "如果有火我们就可以煮了吃。"阿里古荣说，阿里古荣，阿木达
    老之子。

他们俩在院子里悠闲地打发时间，在达亚根村呀，呢嘛喔哦

---

1 达亚根村的歌声，此处歌手添加了一句欢快的唱词，无实义。

他们俩很快便长大成人，布甘和阿里古荣，阿木达老之子

与此同时，在另一个村里，一个叫巴纳沃的村子里喔哦

有一个叫古米尼金的人，他是迪奴阿南之子

他刚在巴纳沃村的院子里举行完献祭仪式

"现在怎么办，老父亲迪奴阿南啊

你说你的敌人身居何处？"古米尼金问道。

他的父亲说，这个叫迪奴阿南的老人说

"至于我，我是周围村社所有朋友们的朋友，喔哦

80　　我没有任何敌人。"老父亲迪奴阿南说道

"如果是这样，"古米尼金说，古米尼金，迪奴阿南之子

"那我会攻击所有那些远离我们的僻远村社。"

老父亲陷入了沉思，老父亲迪奴阿南喔哦

"这对那些僻远村社里的同胞们不好吧？"

老父亲走下了巴纳沃村的院子

拿起了一只梭镖，然后说"古米尼金，我的儿子

你过来，"老父亲迪奴阿南说

他用梭镖猛地投向他的儿子，古米尼金

老父亲迪奴阿南并不生气，用手抓住梭镖，投向他的儿子

90　　"不要动不动就大动肝火，古米尼金，"老父亲对儿子说

"我这么做是要试一试你的能力，古米尼金呀，我迪奴阿南之子"

"因为你要去一个叫作达亚根的村社"喔哦

此时的古米尼金，迪奴阿南之子

穿过巴纳沃村的院子

召集来全村勇敢的人们

时光流逝，他们向前进发穿过一个又一个村社，僻远的村社呀，

　　呢嘛喔哦

此时太阳当空，已是中午时分

他们来到了村边的河滩上，达亚根村的河滩呀，呢嘛喔哦

古米尼金，古米尼金，迪奴阿南之子

100　　爬上来到了谷仓前的院子里，达亚根村的院子呀，呢嘛喔哦

古米尼金他们在那里停了下来，古米尼金呀，迪奴阿南之子

拿出了装槟榔的小包，上面装点着流苏喔哦

古米尼金开始嚼槟榔，古米尼金呀，迪奴阿南之子

嚼完后古米尼金站了起来，古米尼金呀，迪奴阿南之子

他在谷仓前大声叫喊起来

他的喊声在四周回荡着，古米尼金呀，迪奴阿南之子喔哦

是谁来到了达亚根村？

阿里古荣听见古米尼金的喊声，阿里古荣呀，阿木达老之子

"有人在那里喊，"阿里古荣说，阿里古荣呀，阿木达老之子

110　他立刻跑出屋子，来到屋前的院子里，达亚根村的院子呀，呢嘛
　　喔哦

径直奔向达亚根村的谷仓

他往谷仓望去，达亚根的谷仓呀，呢嘛喔哦

他看见了古米尼金，古米尼金呀，迪奴阿南之子

"是谁在达亚根的谷仓前大声喊叫？"

他看着古米尼金，古米尼金呀，迪奴阿南之子

"不用装了，不认识我古米尼金吗，迪奴阿南之子"

"我就在这里，"古米尼金说，古米尼金呀，迪奴阿南之子喔哦

"想起你父亲和我父亲迪奴阿南之间的恩怨了吗？"

"是的，"阿里古荣说，阿里古荣呀，阿木达老之子喔哦

120　"不要着急，等我一下，"阿里古荣又说，阿里古荣呀，阿木达老
　　之子

他跑回了村子中心，达亚根村的中心，呢嘛喔哦

对着布甘说，布甘呀，班古伊万之女

"为什么，是谁在那儿大喊大叫？"布甘问，布甘呀，班古伊万
　　之女喔哦

"啊，那是你们的敌人，"阿里古荣回答说，阿里古荣呀，阿木达
　　老之子

阿里古荣走进村中心的房子里，达亚根村的中心呀，呢嘛喔哦

拿出了布甘父亲班古伊万的盾牌

再回到了谷仓前的院子里，达亚根的院子呀，呢嘛喔哦

走进了达亚根的稻田中

古米尼金紧随其后，古米尼金呀，迪奴阿南之子，呢嘛喔哦

130　也来到了达亚根的稻田中

他们之间隔着灌溉梯田的水渠，达亚根的梯田呀，呢嘛喔哦

古米尼金拿起了梭镖，古米尼金呀，迪奴阿南之子

使劲掷向了阿里古荣，阿里古荣呀，阿木达老之子

阿里古荣武艺高超，阿里古荣呀，阿木达老之子

一把抓住古米尼金投来的梭镖，古米尼金呀，迪奴阿南之子

两人在达亚根的稻田中不断地向对方投掷梭镖

"为什么呢，"阿里古荣心想，阿里古荣呀，阿木达老之子

"要是我有稻米吃，来增强体力就好了。"阿里古荣想，阿木达老
　　之子

阿里古荣有些担心了，阿里古荣呀，阿木达老之子喔哦

140　他使劲向古米尼金投掷梭镖，古米尼金呀，迪奴阿南之子

他把古米尼金逼退到河边，达亚根的河边呀

古米尼金猛地跌入深深的河水中，古米尼金呀，迪奴阿南之子

阿里古荣停在了院子边，达亚根的院子呀，呢嘛喔哦

他拿起一根点燃的木柴，跑了起来，阿里古荣呀，阿木达老之子

他拿着木柴跑到了村社中心，达亚根喔哦

他很快就在房子里生起了一堆火

把稻米放入罐子中，然后说，"布甘啊布甘，班古伊万之女

你来照管这堆火"

阿里古荣又回到稻田中，达亚根的稻田呀，呢嘛喔哦

150　继续与古米尼金作战，古米尼金呀，迪奴阿南之子

最后烈日当空，又是中午时分

"你，古米尼金，古米尼金呀，迪奴阿南之子

你回谷仓前的院子去，我到村社的中心去，"阿里古荣说，阿里
　　古荣呀，阿木达老之子

阿里古荣便回到村子里，达亚根村呀，呢嘛喔哦

可怜的布甘正在那里，布甘呀，班古伊万之女

她不知道应该如何煮饭，在达亚根村的中心呀，呢嘛喔哦

可怜的人啊，布甘的眼睛都肿了，

"你怎么会如此不幸！"阿里古荣说，阿里古荣呀，阿木达老之子

他把米倒进去，开始煮新鲜的稻米，阿里古荣呀，阿木达老之子

160　"你看，布甘，我来教你如何煮饭，布甘呀，班古伊万之女"

稻米已经煮了起来，在达亚根村中的房子里

他们做好了饭，在村中吃起来

布甘非常喜欢吃煮好的米饭，布甘呀，班古伊万之女喔哦

"真是香甜啊，这就是人们说的煮好的米饭。"布甘说，布甘呀，

　　班古伊万之女

"所以人们都爱吃这种米饭。"他说，在达亚根村中心的房子里

阿里古荣又回到稻田中去，达亚根的稻田呀，呢嘛喔哦

要与古米尼金继续作战，古米尼金呀，迪奴阿南之子

战斗持续了一个半月，就在达亚根村呀，呢嘛喔哦

与此同时，在金布卢村里

170　有一个叫比木约的人，比木约呀，来自巴纳沃呀，呢嘛喔哦

他正要去村里面，去巴纳沃村呀，呢嘛喔哦

他要去拜访他的表兄[1]古米尼金，古米尼金呀，迪奴阿南之子

于是他前往巴纳沃村的中心，巴纳沃喔哦

他来到了村子中心，这个比木约呀，古米尼金之子[2]

"古米尼金在哪里？"比木约问，比木约，古米尼金之子

"啊，他不在这里，"他的叔叔回答说，他的叔叔迪奴阿南呀

"他去达亚根已有些时日"，达亚根喔哦

"他是去达亚根打仗。"达亚根呀

1　或堂兄，菲律宾多个民族的亲属称谓中，当地的词汇系统不区分堂表亲，也不区分表亲中的长幼，这在马来民族中是常见的。

2　虽然整部史诗中比木约是古米尼金的表弟或堂弟，但此处原文如此，可能是歌手在吟唱表演时的口误，因为类似的句式"某某人，某某之子"是吟唱部分最多见的程式之一。

"如果他不在这里，我就去追随他，"比木约说，比木约呀，古米
　　尼金之子

180　"我去帮助表兄古米尼金，古米尼金呀，迪奴阿南之子喔哦"

于是比木约便走到巴纳沃的稻田中

时间流逝，他穿过了一个又一个的村社

比木约终于到了，比木约呀，古米尼金之子

他听见了打斗声，古米尼金和阿里古荣鏖战正酣，阿里古荣呀，
　　阿木达老之子喔哦

比木约气得咬牙切齿，跳进达亚根的稻田中

他用梭镖瞄准阿里古荣，阿里古荣呀，阿木达老之子

阿里古荣丝毫没有注意到，比木约已向自己投出梭镖，阿里古荣
　　呀，阿木达老之子

可怜的阿里古荣惊讶地停了下来，停在达亚根的稻田中，达亚根
　　的梯田呀，呢嘛喔哦

"你们来自遥远的村庄，俊美而富有，但为什么要这样？"

190　"而且同时从两边夹击我。"阿里古荣说，阿里古荣呀，阿木达老
　　之子

"就是这样的，"比木约说，比木约，古米尼金之子

"今天下午，我们要把你的头皮剥下带回去"

可怜的阿里古荣站在梯田边上，达亚根的梯田呀，呢嘛喔哦

他用左手和右手同时接着投来的梭镖，在达亚根的稻田中

他武艺高强，古米尼金和比木约都被拖累了，比木约呀，古米尼
　　金之子喔哦

比木约实在是太累了，他走到达亚根谷仓前的院子里

他拿出槟榔包，上面装点着流苏

他嚼起了槟榔，比木约，比木约呀，古米尼金之子

他的槟榔嚼成了鲜红色呀，他在达亚根谷仓前的院子里呀，呢嘛
　　喔哦

200　他朝杜奴安山的山顶挥舞起槟榔包

"山上的水牛呀，杜奴安山，呢嘛喔哦，

水牛呀，为什么不从山上冲下来呢？"

猛然间阿里古荣被水牛团团围住，阿里古荣呀，阿木达老之子
　　喔哦

水牛把阿里古荣围得水泄不通，阿里古荣呀，

阿里古荣拔出了双刃利剑，在达亚根的稻田里呀，呢嘛喔哦

他开始击杀水牛，在达亚根的稻田里呀，呢嘛喔哦

他左右开弓，挥剑击杀，阿里古荣呀，阿木达老之子

当他正在稻田中击杀水牛时，达亚根的稻田呀，呢嘛喔哦

比木约在一旁观看，比木约呀，古米尼金之子

210　"这个阿里古荣真是个力大无比的汉子！"

比木约又往古古利山的山顶望去

"山上的大水牛呀，古古利山，呢嘛喔哦"

"你最好也下来，"比木约说，比木约呀，古米尼金之子

一头巨大的水牛吼叫着从古古利山上冲了下来

它径直奔向阿里古荣，阿里古荣，阿木达老之子

可怜的阿里古荣一点机会都没有，阿里古荣，阿木达老之子

大水牛用角把阿里古荣挑起，就在达亚根的稻田里

它把阿里古荣挑在牛角上，

它带着阿里古荣向着远方的村社狂奔

220　穿过了一个又一个村社，村社呀，呢嘛喔哦

可怜的阿里古荣一路请求道，阿里古荣呀，阿木达老之子：

"村民朋友们啊，邻近的村社呀，呢嘛喔哦"

"挡住大水牛的去路吧，"阿里古荣说，阿里古荣呀，阿木达老
　　之子

但大水牛依然风驰电掣般狂奔而去，穿过了一个个村社，村社
　　呀，呢嘛喔哦

太阳西下，已是下午时分

大水牛终于来到了河滩边，巴尼拉干的河滩边呀

那里有一个叫阿纳纳约的人，阿纳纳约，阿里古荣之子

他看到阿里古荣时笑了起来

但阿纳纳约喝醉了，阿纳纳约呀，阿里古荣之子喔哦

230　一边的长者们对他说，"冷静点，阿纳纳约，阿里古荣之子

去看看这位俊美的年轻人。"

在巴尼拉干，已是破晓时分

所有人都在激动不已地谈论着阿里古荣，阿里古荣呀，阿木达老
　　之子喔哦

那就是阿里古荣，阿里古荣呀，阿木达老之子

还有这个阿纳纳约，阿纳纳约呀，阿里古荣之子喔哦

在巴尼拉干的河滩边阿纳纳约酒醒了

他从竹篱笆上抽出一根竹竿，伸向阿里古荣，阿里古荣呀，阿木
　　达老之子

阿里古荣从水牛角上跳了下来，跳到巴尼拉干的河滩上

阿纳纳约在河边杀死了大水牛，在巴尼拉干河边呀，呢嘛喔哦

240　阿里古荣和他的表弟[1]站在了一起，阿纳纳约呀，阿里古荣之子

"你叫什么名字？"阿纳纳约问，阿纳纳约呀，阿里古荣之子

"我是阿里古荣，阿里古荣呀，阿木达老之子"

"你怎么和我父亲叫同一个名字呀，老父亲也叫阿里古荣喔哦"

"那我不知道，"阿里古荣说，阿里古荣呀，阿木达老之子

"我们不如一起去村里，找到母亲阿桂纳亚，阿桂纳亚呀，阿里
　　古荣之妻喔哦[2]"

此时有一个人叫杜努安，杜努安呀，班古伊万之子

他也来到了河边，巴尼拉干河边呀，呢嘛喔哦

他看见了阿里古荣和阿纳纳约，阿里古荣之子

这个杜努安就在那里啊，杜努安呀，班古伊万之子喔哦

250　"你叫什么名字啊，高大俊美的年轻人？"

"我是杜努安，杜努安呀，班古伊万之子喔哦

我来这里是因为我要去远征，去达亚根村"

1　此处指阿纳纳约。

2　此处人物关系混乱。

"啊，到底怎么回事？"阿里古荣说，阿里古荣呀，阿木达老之

　　子喔哦

"我希望布甘仍在那等着我，布甘呀，班古伊万之女

她也许已被其他富有的男子引诱了，布甘呀，班古伊万之女喔哦"

于是他们一起穿过了一个又一个村社

最终回到达亚根的河滩边，达亚根河呀，呢嘛喔哦

他们听见布甘的哭喊声，可怜的布甘呀，班古伊万之女

古米尼金和比木约正拉扯着她，比木约呀，古米尼金之子

260　阿里古荣被激怒了，阿里古荣呀，阿木达老之子

他从后面一把抓住比木约，比木约呀，古米尼金之子喔哦

他把比木约绑了起来，比木约呀，古米尼金之子

"这是你的报应，"阿里古荣说，阿里古荣呀，阿木达老之子喔哦

"在我和布甘的婚礼上，布甘呀，班古伊万之女

比木约你要当我们的垫脚凳，比木约呀，古米尼金之子"

接着他们往达亚根村的中心走去

杜努安就在那里，杜努安呀，班古伊万之子喔哦

"我现在回家去，"杜努安说，杜努安呀，班古伊万之子

"我要去找妈妈因丹古娜，因丹古娜呀，班古伊万之妻喔哦

270　之后我们再回这里来。"杜努安说，杜努安呀，班古伊万之子

时光流逝，杜努安穿过了一个又一个村社向远方走去，远方的村

　　社呀，喔哦

傍晚的时候，杜努安终于到了

他来到杜努根村的中心

见到了母亲因丹古娜，因丹古娜呀，班古伊万之妻喔哦

"见到你的妹妹布甘了吗？她怎么样？"

"我见到她了，"杜努安回答道，杜努安呀，班古伊万之子

"她很好，有一个叫阿里古荣的人，阿里古荣呀，阿木达老之子

有人要伤害布甘，他把布甘救了下来，布甘呀，我的姐姐喔哦

母亲，请做好准备，我们要回达亚根村去"

280　"好的，"因丹古娜答应道，因丹古娜呀，班古伊万之妻喔哦

因为天已经黑了他们便休息了

午夜时分，深深的黑夜呀，呢嘛喔哦

因丹古娜醒了，因丹古娜呀，班古伊万之妻喔哦

她起来了，因丹古娜呀，班古伊万之妻喔哦

"我们杜努根村的神灵啊

聚到一起，把我们从地上托起，飞到那遥远的村社去吧"[1]

过了一会儿，因丹古娜有些害怕了，因丹古娜呀，班古伊万之妻
　　喔哦

她的房子在空中飞了起来，因丹古娜呀，班古伊万之妻

房子呼呼地飞过了一个又一个村社

290　此时在达亚根，天刚刚亮，达亚根，呢嘛喔哦

当房子从天而降时，因丹古娜呀，班古伊万之妻

达亚根勇敢的人们，无论成人还是孩子都非常惊讶

布甘和阿里古荣被叫醒了，阿里古荣呀，阿木达老之子

"你的亲人来了，就在那儿，"他对布甘说，布甘呀，班古伊万
　　之女

阿里古荣和布甘走出屋子，来到院子里，达亚根的院子呀，呢嘛
　　喔哦

他们见到了母亲因丹古娜，因丹古娜呀，班古伊万之妻

因丹古娜紧紧抱住了布甘和阿里古荣，阿里古荣呀，阿木达老
　　之子

他们休息了一会儿，直到天色大亮

因丹古娜召集来村中勇敢的人们，因丹古娜呀，班古伊万之妻

300　"达亚根勇敢的人们啊

把猪抓过来，就在达亚根的院子里呀"呢嘛喔哦

人们便把地上的猪抓住，捆了起来

"这样很好"，因丹古娜说，因丹古娜呀，班古伊万之妻

"我们一起唱诵吧，布甘要成为阿里古荣的妻子

1　此处原文注有杂音干扰，具体语句不精确。

因为如果没有阿里古荣的话，阿里古荣呀，阿木达老之子

没有人能够保护和照顾好我的孩子布甘"

于是人们把猪杀了，就在达亚根的院子里喔哦

人们唱诵起布甘的名字，布甘，阿里古荣的妻子

他们举行了盛大的宴会，达亚根的村民们

310　因丹古娜又说，因丹古娜呀，班古伊万之妻呢嘛喔哦

"此时此刻，我们用'乌亚伊'庆典来庆祝这个婚礼，就在达亚
　　根这里吧"

阿里古荣开始思考，阿里古荣呀，阿木达老之子喔哦

"这样的话，"阿里古荣说，阿里古荣呀，阿木达老之子喔哦

"我不同意现在就举行我们的乌亚伊庆典，"阿里古荣说，阿里古
　　荣呀，阿木达老之子

"我不是懦夫，也不能被人当成懦夫，"阿里古荣说，阿里古荣
　　呀，阿木达老之子

"那不如这样，母亲因丹古娜，因丹古娜哦呀，班古伊万之妻"

"不要如此安排，"阿里古荣说，"因为我首先要去远征，到杜马
　　纳颜村去"

"我首先要回到自己的故乡，"阿里古荣说，阿里古荣呀，阿木达
　　老之子

"就算我是因为迷路才来到这里，"阿里古荣说，阿里古荣呀，阿
　　木达老之子

320　"我都不知道是谁把我带到了这里，带到达亚根"

"如果是那样，"因丹古娜说，因丹古娜呀，班古伊万之妻

"你的确应该开始新的远征，回到杜马纳颜村去"

杜努安在一边专心地听着，杜努安啊，班古伊万之子喔哦

"如果是这样，我和你一起去，阿里古荣，阿里古荣呀，阿木达
　　老之子"

于是阿里古荣和杜努安开始了新的征程，杜努安呀，班古伊万之
　　子喔哦

他们走下了达亚根的稻田里

时光流逝，他们穿过了一个又一个村社，村社呀，呢嘛喔哦

杜努安和阿里古荣，阿里古荣，阿木达老之子

来到了河边，巴洛博的河边呢嘛喔哦

330　此时阿桂纳亚正在那里，阿桂纳亚呀，阿木达老之女

巴洛博河精灵正要向阿桂纳亚施魔法

"噢！又见到阿桂纳亚了，阿桂纳亚呀，阿木达老之女

阿桂纳亚拿着一把枪，正在巴洛博河边走着

这是她自找的，"巴洛博河的精灵说，巴洛博河，呢嘛喔哦

"来，我们一起对阿桂纳亚喊，阿桂纳亚，就在巴洛博这里

就在村民来河边汲水的时候，"巴洛博河道精灵说

阿桂纳亚应该向他们射击，阿桂纳亚呀，阿木达老之女

阿桂纳亚正拿着枪在巴洛博的稻田边走着

忽然间，阿桂纳亚晕倒了，阿桂纳亚呀，阿木达老之女喔哦

340　这时候阿里古荣和杜努安赶来了，杜努安呀，班古伊万之子

阿里古荣走到阿桂纳亚身边，阿桂纳亚呀，阿木达老之女喔哦

"你叫什么名字，美丽可爱的姑娘？"

"我叫阿桂纳亚，阿桂纳亚呀，阿木达老之女"

"那你是谁呢？"阿桂纳亚问，阿桂纳亚呀，阿木达老之女喔哦

"我是阿里古荣，阿里古荣呀，阿木达老之子"喔哦

"真是令人难以置信，"阿桂纳亚说，阿桂纳亚呀，阿木达老之女

"我找你找了好几年，阿里古荣呀，我的兄长喔哦"

"我从没有见过他，"阿桂纳亚说，阿桂纳亚呀，阿木达老之女

"我必须告诉你，任何人都不能把枪拿走"，阿桂纳亚说，阿桂纳
　　亚呀，阿木达老之女喔哦

350　"你不能把它拿走，待到我遇见哥哥阿里古荣的那一天，阿里古
　　荣呀，我的兄长

我要把枪亲手交给他，"阿桂纳亚说，阿桂纳亚呀，阿木达老之女

"现在我就要死去。"阿桂纳亚说，阿桂纳亚呀，阿木达老之女

阿桂纳亚说着说着闭上了眼睛，躺在巴洛博的河滩边呢嘛喔哦

阿里古荣痛哭流涕，阿里古荣呀，阿木达老之子

"我终于见到了你，阿桂纳亚，阿桂纳亚呀，我的妹妹喔哦"

"但却是在你逝去之时，"阿里古荣说，阿里古荣呀，阿木达老
之子

阿里古荣向着巴洛博梯田的石垒上望去

"巴洛博勇敢的长者和青年们，

请来这里把阿桂纳亚抬走吧，阿桂纳亚呀，阿木达老之女喔哦"

360　人们把阿桂纳亚的遗体抬了起来，准备送回杜马纳颜村

很快他们来到杜马纳颜的河滩边，杜马纳颜呀，呢嘛喔哦

接着来到了杜马纳颜村的中心

可怜的母亲因杜木老哭喊着说，因杜木老呀，阿木达老之妻喔哦

"我可怜的阿桂纳亚啊，阿桂纳亚呀，我的女儿

你找到了阿里古荣，但却永远地离开了，阿里古荣呀，你的兄
长"喔哦

阿里古荣从杜马纳颜的石垒墙边拿起了一根竹竿

用竹竿把阿桂纳亚的背撑了起来，阿桂纳亚呀，阿木达老之女
喔哦

这时候杜努安，杜努安呀，班古伊万之子

取下自己脖子上的金项链，在杜马纳颜的院子里呀，呢嘛喔哦

370　把金项链戴到阿桂纳亚的脖子上，阿桂纳亚呀，阿木达老之女
喔哦

"总有一天你会回来的，阿桂纳亚，阿桂纳亚呀，阿木达老之女
喔哦

这是一个信物，证明我，杜努安，来到过你们村，杜努安呀，班
古伊万之子"

他们一起为阿桂纳亚举行了所有的仪式，阿桂纳亚呀，阿木达老
之女喔哦

他们为阿桂纳亚祭奠服丧，阿桂纳亚呀，阿木达老之女喔哦

太阳东升西落直至十天之后

终于到了阿桂纳亚下葬的日子，阿桂纳亚呀，阿木达老之女喔哦

他们先去了杜马纳颜的稻田

来到谷仓前的院子上，杜马纳颜的谷仓呀，呢嘛喔哦

他们走过了一排又一排的谷仓，哦，杜马纳颜的谷仓呀

380　最后到了第十排谷仓前，杜马纳颜的谷仓呀，呢嘛喔哦

阿桂纳亚将要葬在这里，阿桂纳亚呀，阿木达老之女喔哦

人们把阿桂纳亚埋在下面，把院子里的石板盖在上方

之后人们回到村子中心，杜马纳颜村呀，呢嘛喔哦

把刚才抬人的木床存放在屋子下面

天色渐暗，人们开始休息，杜马纳颜村呀，呢嘛喔哦

杜马纳颜又迎来了一个明亮的清晨

阿里古荣和杜努安，杜努安呀，班古伊万之子

在村中的院子里向神灵献祭

献祭结束后，杜努安和阿里古荣，阿里古荣呀，阿木达老之子

390　准备前往周围的村社远征猎头

他们先来到杜马纳颜的稻田里

他们向远方的村社进发，呢嘛喔哦

太阳很快就升起来了

太阳当空，阳光明媚，呢嘛喔哦

阿里古荣和杜努安，杜努安呀，班古伊万之子

他们准备出征猎头，在杜马纳颜村里哦

他们准备出征猎头，去周围的村社呀，呢嘛喔哦

一年又一年过去了，他们没有在别的村社里遇见阿桂纳亚

其实阿桂纳亚，阿桂纳亚呀，阿木达老之女喔哦

400　已经从安迪布鲁村谷仓院子的石板下苏醒过来

啊，阿桂纳亚从谷仓院子的石板下苏醒过来咯，在安迪布鲁村呀

在安迪布鲁谷仓前的院子里，她坐了起来开始捉头上的虱子

周围的鸡围了上来啄她的头哦，阿桂纳亚呀，阿木达老之女喔哦

她气极了一把扭住鸡的脖子，在安迪布鲁谷仓前的院子里哦

这时候来了一个人，达乌拉言呀

那是迪努拉万，迪努拉万呀，达乌拉言之子

他正好来到安迪布鲁的谷仓，安迪布鲁的谷仓呀，呢嘛喔哦

他看见了阿桂纳亚，阿桂纳亚呀，阿木达老之女

"陌生人，你为什么在这里呢？在安迪布鲁谷仓前的院子里？"

呢嘛喔哦

410 "我可不是陌生人，"阿桂纳亚说，阿桂纳亚呀，阿木达老之女

"我是从这底下上来的，"阿桂纳亚说，阿桂纳亚呀，阿木达老之

女喔哦

"原来是这样，"迪努拉万说，迪努拉万呀，达乌拉言之子

"我们到村中心去吧，安迪布鲁的中心"

他们一起走下了稻田，来到村中心，安迪布鲁的中心呀，呢嘛

喔哦

他们来到了村中心，到了迪努拉万的家中

阿桂纳亚见到了迪莫娜伊，迪莫娜伊呀，迪努拉万之女喔哦

阿桂纳亚逗着迪莫娜伊开心地玩耍，迪莫娜伊呀，迪努拉万之女

喔哦

他们在家里一起吃饭，在安迪布鲁村的中心呀

到了第二天的清晨，在安迪布鲁村中呀，呢嘛喔哦

420 有人来邀请迪努拉万，迪努拉万呀，达乌拉言之子

邀请迪努拉万去他们的村子，杜克里干呀，呢嘛喔哦

布杜南将在那里举行一场宴会，布杜南呀，卡杜杜根之子

客人们来到安迪布鲁的村中心

他们休息了一晚，漆黑的夜晚哦

安迪布鲁村天光大亮时

村里的长者们聚集到了村中心

"你在哪里呢，迪努拉万，迪努拉万呀，达乌拉言之子？"喔哦

"我明天就要去杜克里干村了

去参加布杜南的宴会，布杜南呀，卡杜杜根之子"

430 于是迪努拉万穿戴上迪莫娜伊的首饰，迪莫娜伊呀，迪努拉万

之女

他们准备好了，阿桂纳亚跟他们一起去，阿桂纳亚呀，阿木达老

之女喔哦

人们走下到安迪布鲁的稻田中

时光流逝呀，他们穿过了一个又一个村社，呢嘛喔哦

此时太阳当空，已是正午时分

他们来到杜克里干村的河滩边，呢嘛喔哦

他们踏上杜克里干梯田的石垒

来到杜克里干村的院子里，走到祭坛前

杜克里干的村民们为他们献上米酒

他们给迪努拉万奉上米酒哦，迪努拉万呀，达乌拉言之子喔哦

440　他们给阿桂纳亚奉上米酒哦，阿桂纳亚呀，阿木达老之女喔哦

阿桂纳亚很快便喝醉了，阿桂纳亚呀，阿木达老之女喔哦

阿桂纳亚看了一眼一旁的多普多邦山，呢嘛喔哦

山顶上有一个小屋，多普多邦山呀，呢嘛喔哦

阿桂纳亚边说，阿桂纳亚呀，阿木达老之女：

"迪努拉万，迪努拉万呀，达乌拉言之子喔哦

做好准备回安迪布鲁吧

我可能要做一些事，要去杀一个人，"阿桂纳亚说，阿木达老之
　　女喔哦

迪努拉万便把迪莫娜伊背在背上，迪莫娜伊呀，迪努拉万之女

他们走下到杜克里干的稻田中呀，呢嘛喔哦

450　返回了安迪布鲁村

阿桂纳亚听见村中心传来了优美的锣声

于是她来到杜克里干村的中心

村民们正在举行拉手仪式，他们正拉着布杜南的手，布杜南呀，
　　卡杜杜根之子喔哦

他们一起来到杜克里干的房屋前

一起手拉着手来到屋子下面，杜克里干的屋子呀，呢嘛喔哦

阿桂纳亚正在村子里转悠呀，杜克里干村呀，呢嘛喔哦

猛然间，阿桂纳亚一把抓住了布杜南的头发，布杜南呀，卡杜杜
　　根之子喔哦

她拽着布杜南的头，布杜南呀，卡杜杜根之子喔哦

她来到稻田里，杜克里干的稻田呀，呢嘛喔哦

460 她又向着多普多邦山爬去

她爬上了多普多邦山的山顶

阿里古荣正在那里，杜努安呀，班古伊万之子喔哦

他们瞪大了眼睛看着爬上山来的这位女子

"这肯定是阿桂纳亚，"阿里古荣说，阿里古荣呀，阿木达老之子
　　喔哦

阿桂纳亚走到阿里古荣和杜努安身旁，杜努安呀，班古伊万之子

"你手里拽着的是谁？"阿里古荣问，阿里古荣呀，阿木达老之
　　子喔哦

"他是布杜南，布杜南呀，卡杜杜根之子"

"哦，我的天啦！"杜努安惊叹道，杜努安呀，班古伊万之子喔哦

"这样会破坏我们和其他村社之间的和平

470 既然这样，"杜努安说，杜努安呀，班古伊万之子喔哦

"如果你不让布杜南回去的话，布杜南呀，卡杜杜根之子

我就会怀疑阿桂纳亚的高贵和威严，阿桂纳亚呀，阿木达老之女"

阿桂纳亚说道，阿桂纳亚呀，阿木达老之女喔哦

"那你们最好先回杜马纳颜村去

我待会儿也会随你而去"，阿桂纳亚说，阿桂纳亚呀，阿木达老
　　之女喔哦

阿里古荣和杜努安便返回了杜马纳颜村

然而阿桂纳亚，阿桂纳亚呀，阿木达老之女喔哦

又走下到杜克里干的稻田中，爬上杜克里干旁的山，呢嘛喔哦

她朝着山的方向走去，杜克里干的山呀，呢嘛喔哦

480 她爬上了伊利言山的山顶

故事里说，阿桂纳亚，阿桂纳亚呀，阿木达老之女喔哦

她用手拽着布杜南，布杜南说道，布杜南呀，卡杜杜根之子

"让我们回到杜克里干村吧"

他们又从伊利言山上下来往回走

很快便来到了河滩边，杜克里干的河滩呀，呢嘛喔哦

"现在你自己去村里，"阿桂纳亚说，阿桂纳亚呀，阿木达老之女
喔哦

"我要回我的村社，杜马纳颜呀，呢嘛喔哦"

时间流逝，阿桂纳亚穿过了一个又一个村社

到了下午，她终于来到了河滩边，杜马纳颜的河滩边呀，呢嘛
喔哦

490　她走到了村子的中心

故事里说，阿桂纳亚好好洗了个澡，阿桂纳亚呀，阿木达老之女
喔哦

她终于又恢复成原来的样子了，一个可爱的阿桂纳亚，阿桂纳亚
呀，阿木达老之女

他们休息了一夜，漆黑的夜晚

安迪布鲁村里天已破晓

阿桂纳亚把杜马纳颜村勇敢的人们都召集了起来

"到村中心来吧，杜马纳颜勇敢的人们"呢嘛喔哦

他们聚集到村中心，煮起了糯米

糯米饭煮好后，杜马纳颜勇敢的人们

500　把饭盛出来装在篮子里，放到因杜木老面前，因杜木老呀，阿木
达老之妻喔哦

因杜木老给米饭和上了芝麻和椰肉，因杜木老呀，阿木达老之妻

村里的长者们从院子里捉来了猪，杜马纳颜呀，呢嘛喔哦

他们把猪绑好交给了村里勇敢的人们

他们要去搬运阿里古荣的订婚聘礼"辛沃特"[1]，阿里古荣呀，阿
木达老之子喔哦

人们走到杜马纳颜的稻田中

时光流逝，他们穿过了一个又一个村社，村社呀，呢嘛喔哦

正午时分，他们终于来到达亚根村的河滩边

他们走进达亚根的稻田，达亚根呀，呢嘛喔哦

1　辛沃特：订婚时男方交给女方的聘礼，是由糯米饭做成的食物。

径直走到了村子的中心

510　在达亚根房子的门前，他们打开了装满米饭的篮子

此时此刻的杜努安，喔哦

把村中勇敢的人们都召集了过来

达亚根的人们开始一起吃糯米做成的辛沃特

夜幕降临，漆黑的夜晚呀

勇敢的人们都来到村中心，达亚根村呀，呢嘛喔哦

阿里古荣把他们喊来，一起分享糯米，阿里古荣呀，阿木达老
　　之子

这时杜努安说话了，杜努安呀，班古伊万之子

"煮米饭吧，达亚根勇敢的人们"

饭煮好后，他们捉了一只猪，在达亚根村的中心呀，呢嘛喔哦

520　这些达亚根勇敢的人们齐心合力，把猪杀了

把猪肉割下剁成小块，在达亚根的村中心呀，呢嘛喔哦

把猪肉全都拿到火上烧烤，在达亚根的村中心呀，呢嘛喔哦

直到第二天正午，太阳当空

米饭都煮好了，就在达亚根村的中心

他们大快朵颐起来，这些达亚根勇敢的人们哦

他们吃完之后，这些达亚根勇敢的人们哦

对阿里古荣说，阿里古荣呀，阿木达老之子

"我们现在各自回家去了，暂时离开你阿里古荣，阿里古荣呀，
　　阿木达老之子

明天你跟着我们走，"达亚根勇敢的人们说

530　人们便散去了，这些达亚根勇敢的人们哦

阿里古荣和其他人开始休息，夜幕降临，漆黑的夜晚哟

第二天达亚根村天亮时

阿里古荣说，阿里古荣呀，阿木达老之子喔哦

"你说怎么样，杜努安，杜努安呀，我的小舅子，班古伊万之子

今天我该把布甘带回家了，布甘呀，阿里古荣之妻"喔哦

"这样好啊，"杜努安说，杜努安呀，班古伊万之子

杜努安便回屋里找出了他的锣，在达亚根村中的屋里哦

"这是我们的锣，祝贺你迎娶我的妹妹布甘，布甘呀，我们妹妹"

然后杜努安又拿出了一个槟榔包，在达亚根的村中心哦

540　"这可以用来帮你免于太阳的酷热呀"呢嘛喔哦

接下来布甘和阿里古荣穿过了达亚根村一个又一个院子

他们走到稻田中，达亚根的稻田呀，呢嘛喔哦

时光流逝，他俩穿过了一个又一个村社

太阳西下，已是下午时分

他们回到了杜马纳颜村的河边

他俩在河边停了下来

在梯田的石垒旁站着一队队的人

阿里古荣看了看，阿里古荣喔哦

"杜马纳颜勇敢的人们，你们为什么在这里？要看什么呢?

550　如果是在等布甘的话，我现在就带着她一起到村里去，杜马纳颜
　　　的村中心呀，呢嘛喔哦

你们现在还是回去煮饭吧，"阿里古荣说，阿里古荣呀，阿木达
　　　老之子

"米饭已经全部准备好了，"杜马纳颜勇敢的人们说

"因为今天是阿里古荣带着新娘回来的好日子，"阿里古荣呀，阿
　　　木达老之子

他们在河边歇息片刻就踏上了杜马纳颜梯田的石垒

他们来到了村子的中心，杜马纳颜村的中心呀，呢嘛喔哦

因杜木老见到了他们，因杜木老呀，阿木达老之妻

她紧紧抱住阿里古荣和布甘，布甘呀，这一对新人喔哦

"今天你穿过一个个村子来的路上，一直被火辣辣的太阳暴晒着

但当来到我们村里，进了自己的家时，杜马纳颜喔哦

560　连我们头上的酷热都消散了，我们大家、母亲、孩子、祖父母都
　　　在杜马纳颜村中"

米饭做好之后，他们大吃了起来，杜马纳颜村呀，呢嘛喔哦

夜幕降临他们休息了，漆黑的夜晚哟

第二天天亮的时候，杜马纳颜呀，呢嘛喔哦

阿里古荣又一次出发了，阿里古荣呀，阿木达老之子

他走到屋前的院子中，杜马纳颜呀，呢嘛喔哦

走到了杜马纳颜梯田的石垒边

他爬上石垒旁的树，摘下了槟榔叶

他又采了一大包槟榔果，阿里古荣呀，阿木达老之子

他把槟榔果和槟榔叶都带回了杜马纳颜村

570　召集了全村的妇女，杜马纳颜呀，呢嘛喔哦

她们都来了，杜马纳颜勇敢的姑娘们

"姑娘们，请去村外把槟榔捣碎，就用小小的博特博克臼[1]，杜马
　　纳颜村呀呢嘛喔哦

因为我担心这会让布甘头晕，布甘呀，阿里古荣之妻"

磨槟榔的姑娘们大笑了起来，杜马纳颜的姑娘喔哦

"别嫌我们麻烦，我们是你在杜马纳颜需要依靠的人哟"

年轻的姑娘们，杜马纳颜的姑娘们，呢嘛喔哦

她们觉得阳光太强烈了

便跑到河滩边去了，杜马纳颜的河滩，呢嘛喔哦

"我只是开个玩笑呀，"阿里古荣说，阿里古荣呀，阿木达老之子

580　"拿上你们的博特博克臼，都到村中心集合吧，杜马纳颜村中心
　　呀，呢嘛喔哦"

直到天色破晓

阿里古荣呀，阿木达老之子

把杜马纳颜勇敢的人们召集了起来

他们一起在院子里嚼槟榔，杜马纳颜村呀，呢嘛喔哦

此时在达亚根村里

杜努安想起他还有事要做，杜努安呀，班古伊万之子

他拿起了小酒罐背在背上，杜努安呀，班古伊万之子

他走下到了稻田中，达亚根的稻田呀，呢嘛喔哦

1　博特博克臼：用来捣碎槟榔的石臼。

168

时光流逝，他穿过了一个又一个村子喔哦

590　正午时分他终于来到了河滩上，杜马纳颜的河滩呀，呢嘛喔哦

他踏上了梯田的石垒，杜马纳颜的石垒

来到了村子中心，杜马纳颜村的中心呀，呢嘛喔哦

杜努安来到了村中，杜努安呀，班古伊万之子

他到达时阿里古荣正向人们分发槟榔叶，在杜马纳颜的院子里
　　呀，呢嘛喔哦

杜努安解下背上的酒罐，把米酒分给杜马纳颜勇敢的人们

他们两人都来到了布甘身旁，布甘呀，阿里古荣之妻

这时杜努安停了下来，杜努安呀，班古伊万之子

他们一起喝米酒嚼槟榔，在杜马纳颜的院子里呀，呢嘛喔哦

槟榔嚼成红色时，杜努安说话了，杜努安呀，班古伊万之子

600　"我之所以来到这里，"喔哦

"是要在这杜马纳颜村的中心，杀一只鸡作为牺牲来祭祀"

"那就动手吧，"阿里古荣回答道，阿里古荣呀，阿木达老之子

人们抓了一只鸡，交给了杜努安，杜努安呀，班古伊万之子

他在院子里进行了祭祀的仪式，杜马纳颜的院子呀，呢嘛喔哦

"真是好兆头啊！"杜努安说，杜努安呀，班古伊万之子

"把我给你的锣拿出来，拿到这里来，杜马纳颜的院子呀，呢嘛
　　喔哦"

阿里古荣拿出了锣交给杜马纳颜勇敢的人们

杜马纳颜勇敢的人们把锣敲得震天响

应和着锣声，他们跳起舞来，杜努安和阿里古荣哦，阿里古荣
　　呀，阿木达老之子

610　布甘和阿桂纳亚也跟着跳了起来，阿桂纳亚呀，阿木达老之女

还有老母亲因杜木老，因杜木老呀，阿木达老之妻

他们一起在杜马纳颜的房子下跳舞

"我要回去了，"杜努安说，杜努安呀，班古伊万之子喔哦

"继续把锣敲响，继续在这里庆祝吧"

杜努安便回去了，回到达亚根村呀，呢嘛喔哦

阿里古荣他们每天晚上都在村中心敲锣庆祝

他们的锣声足足敲响了一个半月，在杜马纳颜村中，呢嘛喔哦

直到婚礼庆典的高潮"霍亚特"的日子来到了

杜努安把甘蔗汁和米酒掺在一起，在杜马纳颜村中呀，呢嘛喔哦

620　到了天色破晓时

人们已经成群结队聚集在一起来参加庆典，杜马纳颜所有勇敢的
　　人们哟

天色大亮已是上午时分，在杜马纳颜村的中心呀，呢嘛喔哦

举行了聘礼"高塔德"的仪式，在杜马纳颜村的中心呀，呢嘛
　　喔哦

时光流逝，他们在不停地敲锣庆祝，在杜马纳颜村的中心呀，呢
　　嘛喔哦

人们要把布甘和阿里古荣两家的传家珠宝都展示出来，这对新
　　人哟

人们把所有姑娘都集合了起来，杜马纳颜的姑娘哦

人们让这对新人留在院子里

他们便朝着梯田的石垒走去

他们都争先传颂着布甘和阿里古荣的美丽，这对新人呀，喔哦

630　他们说，周围村社边的悬崖又深又陡

但也无法超过布甘和阿里古荣的美丽，这对新人呀，喔哦

太阳西下，已是下午时分

他们应该去搬布甘和阿里古荣的传家珠宝了，阿里古荣呀，阿木
　　达老之子

搬珠宝的仪式举行得非常顺利，在杜马纳颜村的中心呀，呢嘛
　　喔哦

杜努安又说话了，杜努安呀，班古伊万之子

"阿桂纳亚啊，阿桂纳亚呀，阿木达老之女

瞧瞧你的亲友们，这些要和你一起去达亚根的年轻人们

我们去他们的宴会上喝米酒'多郭普'，在杜马纳颜村的中心呀"，
　　呢嘛喔哦

170

阿桂纳亚便邀请了这些亲友们，大家一起去达亚根村

640　他们来到了达亚根，达亚根村呀，呢嘛喔哦

在达亚根的院子里坐了一圈

米酒也拿到了院子里噢，达亚根的院子呀，呢嘛喔哦

村里的每个人都拿出了自己家酿的米酒，带到达亚根的院子里哟

他们和村民们一起畅饮，杜马纳颜的客人呀，呢嘛喔哦

杜马纳颜的客人们喝醉了，杜马纳颜的年轻人哟

阿里古荣也管不住他们了，阿里古荣呀，阿木达老之子

杜马纳颜的年轻客人们闹了起来

夜幕降临，漆黑的夜晚哟

阿里古荣和同伴们起身返回杜马纳颜，阿里古荣呀，阿木达老之
　　子喔哦

650　第二天杜马纳颜天色大亮

人们在村里的院子里杀猪进行庆祝，杜马纳颜的院子呀，呢嘛
　　喔哦

人们把米饭煮好之后，在杜马纳颜的院子里哦

大快朵颐了起来，杜马纳颜勇敢的人们哦

杜努安来到房子的门边，杜马纳颜的房子哦

他把槟榔嚼成红色，然后说，杜努安呀，班古伊万之子

"我的姐夫阿里古荣，阿里古荣呀，阿木达老之子

我不会带着分给我的肉离开这里，杜马纳颜呀，呢嘛喔哦

回家的路上，我要为阿桂纳亚把锣声敲得响当当，"杜努安说，
　　杜努安呀，班古伊万之子

"你自己决定吧，"阿里古荣回答道，阿里古荣呀，阿木达老之子

660　阿里古荣把锣交给了杜努安，杜努安呀，班古伊万之子

"回去的路上，以我妹妹阿桂纳亚的名义把锣敲响，阿桂纳亚呀，
　　阿木达老之女喔哦

我们都是杜马纳颜俊美而富有的人"喔哦

阿桂纳亚和杜努安穿过了杜马纳颜村的院子

他们走下到了河滩边，杜马纳颜的河滩呀，呢嘛喔哦

时光流逝，他们穿过了一个又一个村社

很快就来到了达亚根的河滩边，达亚根呀，喔哦

他们径直走到了村子中心

他们的母亲因丹古娜，因丹古娜呀，班古伊万之妻喔哦

紧紧抱住了阿桂纳亚和杜努安，杜努安呀，班古伊万之子喔哦

670　"回到达亚根的中心，我们精力充沛。"[1]

1　原文此处另有一句歌手为表达欢快之情的吟唱，并非史诗的一部分。

译后记

　　一九九八年，我进入刚刚庆祝过百年校庆的北京大学，开始菲律宾语言文化专业的本科学习，之后历经硕士、博士学习和留校工作，一直在菲律宾语言和文学的世界中探索和遨游，尤其专注于民间文学、人类学、社会文化方向的研究。光阴荏苒、白驹过隙，业已到了二〇一八年，时值北京大学百廿周年校庆之际，菲律宾语言、文化和文学也已陪伴了我二十年。最初从一个个字母学起，到后来阅读菲律宾语的诗歌、小说、戏剧等文学作品，再到探索菲岛各民族绮丽的社会文化，向来在审美上愚笨的我，开始逐步认识和欣赏菲律宾文学的优美和深邃。诗歌原本是我不太留意的领域，但随着对于菲律宾文学史认识不断深入，我愈来愈意识到，很有必要深入探索和研究菲律宾的诗歌，无论是各民族的英雄史诗和民间歌谣，还是近代的古典诗歌、现当代诗歌，都是在各个历史时代中菲律宾各民族人民社会生活和精神风貌的最佳载体。长期以来，诗歌始终是菲律宾文学的核心内容，菲律宾现代意义上的小说才出现不过百年，但是早在民间文学盛行、行吟诗人游走的时代，菲律宾各民族就形成了丰富而绵长的诗歌传统，从这一文学传统中，可以看到菲律宾人民心灵中的美、爱、情愁、生命、自然、理想等人类内心深处最为细致和深邃的内容。

　　不过，此前一直没有机会真正开始对菲律宾诗歌世界的探索，直到二〇一六年年初，在北京大学牵头组织的"'一带一路'沿线国家经典诗歌文库"项目的召唤下，我终于得以开始自己的菲律宾诗歌之旅。我有幸参与到该项目中，并负责《菲律宾诗选》的编选和翻译，在赵振江、宁琦、吴杰伟等多位老师的指导下，我于二〇一六年三月正式开始了这本诗选的工作。首先，在郑友洋、李豪、马宇晨三位研究生的帮助下，进行了资料搜集工作。我采用了编选文学史作品选的思路，通过广泛阅读菲律宾文学史研究著作，并经过与马尼拉雅典耀大学菲文系教师李雄的商讨，最终才确定了初选名单。然后在郑友洋的协助下，开始了翻译工作。本诗选中绝大多数诗作由我本人独立翻译，还有一些诗歌则是交由郑友洋进行初译，然后我再行反复修改，并由两人进一步商讨后再确定最终译稿。同时出于尊重学界前辈的考量，个别已经有前人翻译的诗作，直接采纳或略作调整后纳入本诗选。二〇一七年三月完成了初稿，之后不断自主修改，咨询编辑意见，直至二〇一七年十月终于以较为成熟的面貌示人。其间，最为重要的是撰写了本诗选的前言，分不同历史时期对诗歌在菲律宾文学史中的地位、价值、意义进行了归纳和分析，讨论和总结了诗歌之于菲律宾文学史的关系。终于，可以将此诗选作为我入行菲律宾国别研究二十年的微小总结了。

翻译是一项精益求精、永无止境的工作，往往几易其稿、多次返工，但面对更为精致的译文时，译者却乐此不疲。我经常面对着电脑屏幕，反复阅读、开口朗诵，然后边读边改，直至真的朗朗上口，做到既能展现出菲语原作的精神内涵，又能较契合汉语表述的通畅和传神。但是翻译诗歌，除了单纯的语言技巧，还需要一颗富有情怀和抱负的心，因为诗歌是需要用心灵去理解的。有些译作完成在我追寻梦想的旅行途中，彩云之上、万米之巅，呼吸着高空稀薄而干燥的空气，此时人的精神更为纯粹、思维愈加通透、情感亦更浓郁。面对着这些讲述理想、美好、情感的异域诗歌，涌动的文思、感慨的心绪和真挚的情感融汇在一起，我把它们敲击到电脑中，落实在字里行间，最终形成了一些最具创造性、最富情义的译文。这份热忱和纯真早已永远留在记忆和生命中，凝结在这本诗选的文字里，不会变色，不会褪色。

本诗选的目的在于向国内读者普及菲律宾的诗歌，所以收入的诗歌，上起各民族民间歌谣、英雄史诗，下迄现当代社会诗歌，全都是菲律宾文学史中最为重要的诗歌名篇、最出名的诗人和最具代表性的诗作。既有抒情诗，又有叙事诗；既有作家文学名作，又有民间文学精品；既有菲律宾文学史中的主体民族他加禄语诗歌，又有一些最具代表性的少数民族诗歌。本诗选的主旨在于能够大致反映出诗歌这种文类在菲律宾文学史上所取得的成就，不过对于诗作和诗人在文学史上地位的评价可能因人而异，所以本诗选的编选可能难免挂一漏万，一些优秀诗人和诗作未曾收入，不过基本上本诗选已较好地覆盖了菲律宾文学历史发展的全过程。诗选中所选的诗作，相对更侧重于古代、近现代的作品和诗人，这主要是因为对他们的评价已然盖棺论定；与此同时，菲律宾当代诗歌作品是很多的，有不少优秀而活跃的作者，但是其地位和价值还处于不断理解和发展中，所以本诗选只用有限的篇幅收入了其中有代表性的一些诗作，菲律宾现当代诗歌还有很大的空间留给后继译者、学者去发掘。

　　本诗选的编选和翻译的过程中，一直得到了吴杰伟教授、黄轶博士等业内专家的指导和帮助，北京大学外国语学院东南亚系、菲律宾语教研室对我的研究提供了多种支持。菲律宾华裔青年联合会的吴文焕、洪玉华、施华谨、王培元、曾星华等多次向我提供文献资料。东南亚文学研究前辈凌彰先生亦向我提供了自己的译文和重要材料。本诗选在查阅材料、翻译编撰、审校文稿的过程中，得到了我的学生郑友洋、李豪、程露、马宇晨的大力协助。在作家出版社懿翎、方炎的努力下，本诗选才终于得以出版。这些年来，我的亲友一直都予以我最为衷心的支持和关爱，鼓励我在学术道路上不断进取。本诗选的完成与众多师友的热心支持、悉心帮助分不开，谨此表以真挚的谢意。本诗选涵盖了菲律宾文学史的所有历史时期，涉及面非常宽广，在选材、编撰、翻译等方面，都可能或多或少存在一些考虑不周和疏漏，学术是在批评中进步的，所以诚挚期待读者们不吝指正。

史　阳

二〇一八年一月于燕园

总　跋

经过两年多时间的筹备与组织，"'一带一路'沿线国家经典诗歌文库"终于将陆续付梓出版，此刻的心情复杂而忐忑，既有对即将拨云见日的满满期待，更有即将面见读者的惴惴不安。

该项目于二〇一五年下半年开始酝酿，其中亦有不少波折和犹疑。接触这个项目的所有人都无一例外地认为，这是应该做而且只有北大才能做的事情，也无一例外地深知它的难度。

"一带一路"跨度大、范围广，多语言、多民族、多宗教、多文明交融，具有鲜明的文化多样性特征。整个沿线共有六十余个国家，计有七十八种官方或通用语言，合并相同语言后仍有五十三种语言，分属九大语系。古丝绸之路尽管开始于政治军事，繁荣于商旅交通，但其更重要的意义在于促进了人类文明的交往。它连接了中国、印度、波斯和罗马等文明古国，跨越埃及文明、巴比伦文明、印度文明、中华文明的发祥地，是东西方文明交流互鉴的重要通道。

如何更好地展现"一带一路"沿线人民的文化特质和精神财富，诗歌无疑是最好的窗口。诗歌是文学王冠上的明珠，精敛文学之魂魄，而经典诗歌则凝聚着各个国家民族的文化精神和文化理想，深刻反映沿线国家独有的价值观和对世界的认识。长期以来，中国学界和出版界一直比较重视欧美发达国家诗歌的译介与研究，对发展中国家尤其是一些弱小国家的诗歌研究存在着严重忽略的现象。我们希望通过对"一带一路"沿线国家经典诗歌的研究，深刻地了解一个国家，理解它的人民，与之建立互信，促进国内学界对"一带一路"沿线国家文学、文化和文明的了解，弥补我国诗歌文化中的短板，并为中国诗歌走向世界提供思路和借鉴，从而带动与"一带一路"沿线国家的深层次交流，为中国的对外交往和"一带一路"倡议的实施提供人文支撑。

北京大学外国语学院组织国内外相关领域的专家学者，于二○一六年一月，正式启动"'一带一路'沿线国家经典诗歌文库"项目。该项目以北京大学人文学科的优良传统和北大外语学科的深厚积淀为基础，以研究和阐释"一带一路"沿线国家厚重的历史、文化内涵为己任，充分发挥本学科在文学、文化研究领域的传统优势和引领作用，积极配合和支持国家的"一带一路"倡议，为中外优秀文化的研究、互鉴和传播做出本学科应有的贡献。

北京大学外国语学院牵头组织的"'一带一路'沿线国家经典诗歌文库"项目，旨在翻译、收集、整理和编辑"一带一路"沿线六十余个国家的诗歌经典作品，所选诗歌范围既包括经典的作家作品，也包括由作家整理的、具有广泛影响力的史诗、民间诗歌等；既包括用对象国官方语言创作的诗歌，也包括用各种民族语言创作、广泛传播的诗歌作品。每部诗集包括诗歌发展概况、诗歌译作、作者简介等三个部分。

在此基础上，形成由五十本编译诗集构成的"'一带一路'沿线国家经典诗歌文库"第一批成果，这将弥补中国外国文学界在外国诗歌翻译与研究方面的不足，特别是对部分"一带一路"沿线国家的经典诗歌开展填补空白式的翻译与原创性研究工作具有重大意义，同时对沿线诸多历史较短的新建国家的文学史书写将具有十分重要的价值。

该项目自启动以来，先后成立了编委会和秘书组，确定项目实施方案、编译专家遴选以及编选的诗歌经典目录，并被确定为北京大学一百二十周年校庆的重要出版项目之一，得到学校、校友及社会各界的大力支持，建立起以北京大学外国语学院为核心，汇集国内外相关领域知名专家学者、翻译家的翻译、编辑团队，形成了一个具有高度共识和研究能力的学术共同体。

在这个共同体中的每个人都是幸福的，与诗为伴，以理想会友，没有功利，只有情怀。没有人问过我们为什么要做，每个人只关心怎样可以做得更好。无论是一无所有之时还是期待拿到国家出版基金支持之日，我们的翻译团队从没有过犹豫和迟疑，仿佛有没有经费支持只是我一个人需要关心的事情，而他们是信任我的。面对他们，我没有退路，唯有比他们更加勇往直前。好在我一直是被上苍眷顾和佑护的人，只要不为一己之利，就总能无往不胜。序言中，赵振江教授说了很多感谢的话，都代表我的心声，在此不再重复。我想说的是，感谢你们所有人，让我此生此世遇见你们。如果可以，我还想在此感谢我的挚爱亲人，从没有机会把"谢谢"说出口，却是你们成就了今天的我。

希望通过我们台前幕后每一个人的努力，把"'一带一路'沿线国家经典诗歌文库"项目打造成沿线国家共同参与的地域性的文化精品工程，使"文库"成为让古老文明在当代世界文化中重新焕发光彩、发挥积极作用的纽带和桥梁。

人也许渺小，但诗与精神永恒。

宁　琦

写于二〇一八年"文库"付梓前夜，北京

图书在版编目（CIP）数据

菲律宾诗选 / 赵振江主编；史阳编译 .—北京：作家出版社，
2019.8（2019.9重印）

（"一带一路"沿线国家经典诗歌文库 . 第一辑）

ISBN 978-7-5212-0483-4

Ⅰ.①菲…　Ⅱ.①赵…②史…　Ⅲ.①诗集－菲律宾
Ⅳ.① I341.2

中国版本图书馆 CIP 数据核字（2019）第 067403 号

菲律宾诗选

主　　编：赵振江

副 主 编：蒋朗朗　宁　琦　张　陵

编 译 者：史　阳

选题策划：丹曾文化

责任编辑：懿　翎　方　焱

装帧设计：曹全弘

出版发行：作家出版社有限公司

社　　址：北京农展馆南里 10 号　　　邮　　编：100125

电话传真：86-10-65067186（发行中心及邮购部）

　　　　　86-10-65004079（总编室）

E-mail:zuojia @ zuojia.net.cn

http://www.zuojiachubanshe.com

印　　刷：北京通州皇家印刷厂

成品尺寸：160×240

字　　数：289 千

印　　张：13.75

版　　次：2019 年 8 月第 1 版

印　　次：2019 年 9 月第 2 次印刷

ISBN 978-7-5212-0483-4

定　　价：49.00 元